AF384970

MORCEAUX CHOISIS

DE

LITTÉRATURE

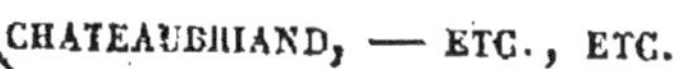

PROSE

BOSSUET. — MASSILLON.

FÉNELON. — BOURDALOUE. — CARDINAL MAURY. — VERTOT.

RACINE. — SÉVIGNÉ. — LAHARPE.

ROLLIN. — MONTESQUIEU. — LA ROCHEFOUCAULT.

LABRUYÈRE. — BUFFON.

CHATEAUBRIAND, — ETC., ETC.

A PARIS,

CHEZ PHILIPPART, LIBRAIRE,

RUE DAUPHINE, 24,

ET CHEZ TOUS LES LIBRAIRES

DE LA FRANCE.

1849

Ce recueil est un excellent choix des morceaux de la langue française les mieux écrits et les mieux pensés. Il embrasse l'ensemble des deux plus beaux siècles de la première littérature moderne ; il en est pour ainsi dire l'abrégé. Les meilleurs orateurs, les historiens, les philosophes et les poëtes semblent lire à la jeunesse les endroits de leurs écrits qu'ils ont travaillés avec le plus d'intérêt, qui leur plaisent à eux-mêmes davantage, pour la pensée, le style, le goût et la morale.

Nous avons retranché avec le plus grand soin tout ce qui n'était pas à la fois *instructif*, moral et *religieux*... Aussi les personnes qui se livrent à la tâche honorable de l'enseignement donneront-elles, nous l'espérons, leur suffrage à cet excellent ouvrage, qui mérite si bien le titre de *Morceaux choisis de littérature* [1].

Nota. Ce volume ne contient que la *Prose* ; — le n° 17 de la *Bibliothèque pour tout le monde* contient la *Poésie*.

---

[1] Voir à la fin de ce volume la liste des 50 ouvrages qui composent la *Bibliothèque pour tout le monde*. On peut se procurer *séparément* les volumes de cette collection chez tous les libraires.

MORCEAUX

CHOISIS

DE LITTÉRATURE

NARRATIONS.

La Peste de Florence.

En 1348 la peste infecta toute l'Italie, à la réserve de Milan et de quelques cantons au pied des Alpes, où elle fut à peine sentie. La même année elle franchit les montagnes et s'étendit en Provence, en Savoie, en Dauphiné, en Bourgogne, et par Aigues-Mortes pénétra en Catalogne. L'année suivante elle comprit tout le reste de l'Occident jusqu'aux rives de la mer Atlantique, la Barbarie, l'Espagne, l'Angleterre et la France. Le Brabant seul parut épargné et ressentit à peine la contagion. En 1350 elle s'avança vers le Nord et envahit les Frisons, les Allemands, les Hongrois, les Danois et les Suédois. Ce fut alors et par cette calamité que la république d'Islande fut détruite. La mortalité fut si grande dans cette île glacée, que les habitants épars cessèrent de former un corps de nation.

Les symptômes ne furent pas partout les mêmes. En Orient, un saignement de nez annonçait l'invasion de la maladie ; en même temps il était le présage assuré de la mort. À Florence, on voyait d'abord se manifester à l'aine ou sous les aisselles un gonflement qui surpassait même la grosseur d'un œuf. Plus tard ce gonflement, qu'on nomma *gavocciolo*, parut indifféremment à toutes les parties du corps. Plus tard encore les symptômes changèrent, et la contagion s'annonça le plus souvent par des taches noires ou livides, qui, larges et rares chez les uns, petites et fréquentes chez les autres, se montraient d'abord sur les bras ou sur les cuisses, puis sur le reste du corps, et qui, comme le *gavocciolo*, étaient l'indice d'une mort prochaine. Le mal bravait toutes les ressources de l'art : la plupart des malades mouraient le troisième jour, et presque toujours sans fièvre ou sans aucun accident nouveau.

Bientôt tous les lieux infectés furent frappés d'une terreur extrême quand on vint à remarquer avec quelle inexprimable rapidité la contagion se propageait. Non-seulement converser avec les malades ou s'approcher d'eux, mais toucher aux choses qu'ils avaient touchées ou qui leur avaient appartenu, communiquait immédiatement la maladie. Des hommes tombèrent morts en touchant à des habits qu'ils avaient trouvés dans les rues. On ne rougit plus alors de laisser voir sa lâcheté et son égoïsme. Les citoyens s'évitaient l'un l'autre, les voisins négligeaient leurs voisins; et les parents mêmes, s'ils se visitaient quelquefois, s'arrêtaient à une distance qui trahissait leur effroi. Bientôt on vit le frère abandonner son frère, l'oncle son neveu, l'épouse son mari, et même quelques pères et mères s'éloigner de leurs enfants. Aussi ne resta-t-il d'autres ressources à la multitude innombrable des malades que le dévouement héroïque d'un petit nombre d'amis, ou l'avarice des domestiques, qui pour un immense salaire se décidaient à braver le danger. Encore ces derniers étaient-ils, pour la plupart, des campagnards grossiers et peu accoutumés à soigner les malades; tous leurs soins se bornaient d'ordinaire à exécuter quelques ordres des pestiférés, et à porter à leur famille la nouvelle de leur mort.

Cet isolement et la terreur qui avait saisi tous les esprits firent tomber en désuétude la sévérité des mœurs antiques et les usages pieux par lesquels les vivants prouvent aux morts leur affection et leurs regrets. Non-seulement les malades mouraient sans être entourés, suivant l'ancienne coutume de Florence, chacun de ses parents, de ses voisins, et des femmes qui lui appartenaient de plus près; plusieurs n'avaient pas même un assistant dans les derniers moments de leur existence. On était persuadé que la tristesse préparait à la maladie; on croyait avoir éprouvé que la joie et

les plaisirs étaient le préservatif le plus assuré contre la
peste, et les femmes mêmes cherchaient à s'étourdir sur le
lugubre appareil des funérailles par le rire, le jeu et les plai-
santeries. Bien peu de corps étaient portés à la sépulture
par plus de dix ou douze voisins; encore les porteurs n'é-
taient-ils plus des citoyens considérés et de même rang que
le défunt, mais des fossoyeurs de la dernière classe, qui se
faisaient nommer *becchini*. Pour un gros salaire ils trans-
portaient la bière précipitamment, non point à l'église dé-
signée par le mort, mais à la plus prochaine, quelquefois
précédés de quatre ou six prêtres avec un petit nombre de
cierges, quelquefois aussi sans aucun appareil religieux, et
jetaient le cadavre dans la première fosse qu'ils trouvaient
ouverte.

Le sort des pauvres et même des gens d'un état médio-
cre était bien plus déplorable : retenus par l'indigence dans
des maisons malsaines et rapprochés les uns des autres, ils
tombaient malades par milliers; et comme ils n'étaient ni
soignés ni servis, ils mouraient presque tous. Les uns, et de
jour et de nuit, terminaient dans les rues leur misérable
existence; les autres, abandonnés dans les maisons, appre-
naient leur mort aux voisins par l'odeur fétide qu'exhalaient
leurs cadavres. La peur de la corruption de l'air, bien plus
que la charité, portait les voisins à visiter les appartements,
à retirer des maisons les cadavres et à les placer devant les
portes : chaque matin on en pouvait voir un grand nombre
ainsi déposés dans les rues; ensuite on faisait venir une
bière, ou, à défaut, une planche sur laquelle on emportait
le cadavre. Plus d'une bière contint en même temps le mari
et la femme, ou le père et le fils, ou deux ou trois frères.
Lorsque deux prêtres avec une croix cheminaient à des funérailles et disaient l'office des morts, de chaque porte sor-
taient d'autres bières qui se joignaient au cortége, et les
prêtres qui ne s'étaient engagés que pour un seul mort en
avaient sept ou huit à ensevelir.

La terre consacrée ne suffisant plus aux sépultures, on
creusa dans les cimetières des fosses immenses, dans lesquelles on rangeait les cadavres par lits à mesure qu'ils arri-

vaient, et on les recouvrait ensuite d'un peu de terre. Cependant les survivants, persuadés que les divertissements, les jeux, les chants, la gaieté pouvaient seuls les préserver de l'épidémie, ne songeaient plus qu'à chercher des jouissances non-seulement chez eux mais dans les maisons étrangères, toutes les fois qu'ils croyaient y trouver quelque chose à leur gré. Tout était à leur discrétion : car chacun, comme ne devant plus vivre, avait abandonné le soin de sa personne et de ses biens. La plupart des maisons étaient devenues communes, et l'étranger qui y entrait y prenait tous les droits du propriétaire. Plus de respect pour les lois divines et humaines : leurs ministres et ceux qui devaient veiller à leur exécution étaient ou morts ou frappés, ou tellement dépourvus de gardes et de subalternes, qu'ils ne pouvaient imprimer aucune crainte : aussi chacun se regardait-il comme libre d'agir à sa fantaisie.

Les campagnes n'étaient pas plus épargnées que les villes; les châteaux et les villages, dans leur petitesse, étaient une image de la capitale. Les malheureux laboureurs qui habitaient les maisons éparses dans la campagne, qui n'avaient à espérer ni conseils de médecins ni soins de domestiques, mouraient sur les chemins, dans leurs champs, ou dans leurs habitations, non comme des hommes, mais comme des bêtes. Aussi, devenus négligents de toutes les choses de ce monde, comme si le jour était venu où ils ne pouvaient plus échapper à la mort, ils ne s'occupaient plus à demander à la terre ses fruits ou le prix de leurs fatigues, mais se hâtaient de consommer ceux qu'ils avaient déjà recueillis. Le bétail, chassé des maisons, errait dans les champs déserts, au milieu des récoltes non moissonnées, et le plus souvent il rentrait de lui-même le soir dans ses étables, quoiqu'il ne restât plus de maîtres ou de bergers pour le surveiller.

Aucune peste dans aucun temps n'avait encore frappé tant de victimes. Sur cinq personnes il en mourut trois, à Florence et dans tout son territoire. Boccace estime que la ville seule perdit plus de cent mille individus. A Pise, sur dix il en périt sept; mais, quoique dans cette ville on eût reconnu, comme ailleurs, que quiconque touchait un mort ou ses effets, ou même son argent, était atteint de la contagion, et quoique personne ne voulût pour un salaire rendre aux morts les derniers devoirs, cependant nul cadavre ne resta dans les maisons privé de sépulture. A Sienne, l'historien Agnolo de Tura raconte que dans les quatre mois de mai, juin, juillet et août la peste enleva quatre-vingt mille âmes, et que lui-même ensevelit de ses propres mains ses cinq fils dans la même fosse. La ville de Trapani en Sicile resta complétement déserte. Gênes perdit quarante mille habitants, Naples soixante mille, et la Sicile, sans doute avec la Pouille, cinq cent trente mille. En général, on calcula que dans l'Europe entière, qui fut soumise d'une extrémité à l'autre à cet épouvantable fléau, la peste enleva les trois cinquièmes de la population.

SISMONDI. Histoire des républiques italiennes du moyen âge.

Les Religieux du mont Saint-Bernard.

A la fin d'avril 1755, j'allai au Piémont par la route du grand Saint-Bernard. Vers les quatre heures de l'après-midi, la petite caravane avec laquelle j'avais gravi ce dangereux passage parvint au sommet de la montagne, et après avoir réparé ses forces dans l'hospice élevé au milieu de ce désert, elle se remit en marche pour coucher le même soir à la vallée d'Aoste. Déjà le soleil avait perdu sa chaleur, et le ciel même sa sérénité : des nuages commençaient à se traîner le long des cimes des rochers et s'amoncelaient dans les gorges étroites de cette solitude. Au sommet des Alpes une soirée nébuleuse amollit le courage : je me décidai à passer la nuit avec les religieux hospitaliers, qui partageaient mes pressentiments.

Ils ne nous trompèrent point. A six heures, ce plateau glacé fut presque enseveli dans les ténèbres ; les nuées, poussées par un vent de nord-ouest avec la rapidité d'une flèche, tourbillonnaient autour de l'enceinte des rochers ; déjà retentissait le bruit lointain des avalanches, et des atomes de neige serrée, divisée comme la poussière, soit en se détachant des montagnes soit en tombant du ciel, en interceptaient la faible lumière et voilaient tous les objets d'alentour.

Tandis qu'auprès d'un bon feu je questionnais le supérieur du couvent sur les suites de l'ouragan, les religieux hospitaliers étaient allés remplir leurs devoirs de circonstance, ou plutôt exercer leurs vertus de tous les jours : chacun avait pris son poste de dévouement dans ces Thermopyles glaciales, non pour y repousser des ennemis, mais pour y tendre une main secourable aux voyageurs perdus, de tout rang, de toute nation, de tout culte, et même aux animaux chargés de leur bagage. Quelques-uns de ces sublimes solitaires gravissaient les pyramides de granit qui bordent leur chemin, pour y découvrir un convoi dans la détresse et pour répondre aux cris de secours ; d'autres frayaient le sentier enseveli sous la neige fraîchement tombée, au risque de se perdre eux-mêmes dans les précipices ; tous bravant le froid, les avalanches, le danger de s'égarer, presque aveuglés par les tourbillons de neige, et prêtant une oreille attentive au moindre bruit qui leur rappelait la voix humaine.

Leur intrépidité égale leur vigilance : aucun malheureux ne les appelle en vain ; ils le retirent étouffé sous les débris des avalanches ; ils le raniment agonisant de froid et de terreur ; ils le transportent sur les bras, tandis que leurs pieds glissent sur la glace ou plongent dans les neiges : la nuit, le jour, voilà leur ministère. Leur pieuse sollicitude veille sur l'humanité, dans ces lieux maudits de la nature, où ils présentent le spectacle habituel d'un héroïsme qui ne sera jamais célébré par nos flatteurs.

Depuis une heure entière cinq religieux et leurs domestiques étaient sur les traces des voyageurs, lorsque l'aboiement des chiens nous annonça leur retour. Compagnons intelligents des courses de leurs maîtres, ces dogues bienfaisants vont à la piste des malheureux ; ils devancent les guides, et le sont eux-mêmes : à la voix de ces fidèles auxiliaires, le voyageur transi reprend l'espérance ; il suit leurs vestiges toujours sûrs. Lorsque les éboulements de neige aussi prompts que l'éclair engloutissent un passager, les dogues du Saint-Bernard le découvrent sous l'abîme et y conduisent les religieux, qui retirent l'infortuné et souvent le rendent à la vie.

Bientôt l'hospice s'ouvrit à dix personnes épuisées de froid, de lassitude et de frayeur. Leurs conducteurs oublièrent leurs propres fatigues; et, depuis le linge le plus blanc jusqu'aux liqueurs les plus restaurantes, tout ce que l'hospitalité la plus attentive peut offrir de secours, tout ce qu'on ne rassemblerait qu'à force d'argent dans les auberges de nos villes, fut prêt dans l'instant, distribué sans distinction, employé avec autant d'adresse que de sensibilité.

Mallet du Pan.

TABLEAUX.

L'Homme.

La matière a cessé d'être muette ou passive; une créature distincte entre toutes celles qui respirent est appelée; elle s'avance d'un pas mesuré, et le chef du roi de la nature s'élève avec noblesse sous des cheveux ondoyants. Ses yeux ont le droit d'interroger autour de lui; la pensée y passe; de là elle semble s'étendre au loin et percer dans les profondeurs de l'avenir. L'intelligence, ce magnifique présent d'un Dieu qui n'avait peut-être rien de mieux à donner, réside sur son front découvert et annonce de hautes destinées. Le sentiment est dans sa voix, son âme se fait entendre; toutes les parties de son corps se rapprochent sans gêne et s'agencent avec harmonie. Ses bras l'accompagnent et ne le portent pas: la moindre portion de lui-même est en contact avec la terre; il ne communique avec elle que par des points, comme s'il ne devait la fouler qu'en passant. Il marche, et l'on sent qu'il va donner des ordres; il s'arrête, et le sol dont sa noble figure se détache, à bien dire, ne lui sert que de piédestal, sur les côtés duquel les divers animaux se groupent en manière de bas-relief. Une ligne moelleuse et flexible semble descendre de sa tête à la plante de ses pieds ; l'esprit de vie la parcourt tout entière, circule autour des formes, les anime, et fait briller sa teinte carminée à travers une peau diaphane. Ici la vigueur ne dérobe rien à la grâce; à l'instar des membres, sans effort elles naissent l'une de l'autre. Dans cette création merveilleuse, on dirait qu'il n'a été employé d'éléments matériels que ce qu'il en fallait pour rendre l'intelligence sensible et lui soumettre la matière elle-même. C'est la solution d'un beau problème des forces motrices.

Kératry. De l'Existence de Dieu.

Vie privée de Fénelon.

Son humeur était égale, sa politesse affectueuse et simple, sa conversation féconde et animée. Une gaieté douce tempérait en lui la dignité de son ministère, et le zèle de la religion n'eut jamais chez lui ni sécheresse ni amertume. Sa table était ouverte, pendant la guerre, à tous les officiers ennemis ou nationaux que sa réputation attirait en foule à Cambrai. Il trouvait encore des moments à leur donner, au milieu des devoirs et des fatigues de l'épiscopat. Son sommeil était court, ses repas d'une extrême frugalité, ses mœurs d'une pureté irréprochable. Il ne connaissait ni le jeu ni l'ennui : son seul délassement était la promenade; encore trouvait-il le secret de la faire rentrer dans ses exercices de bienfaisance. S'il rencontrait des paysans, il se plaisait à les entretenir. On le voyait assis sur l'herbe au milieu d'eux, comme autrefois saint Louis sous le chêne de Vincennes. Il entrait même dans leurs cabanes et recevait avec plaisir tout ce que lui offrait leur simplicité hospitalière. Sans doute ceux qu'il honora de semblables visites racontèrent plus d'une fois à la génération qu'ils virent naître que leur toit rustique avait reçu Fénelon.

Laharpe. Éloge de Fénelon.

Prière du soir à bord d'un vaisseau.

Le globe du soleil, dont nos yeux pouvaient alors soutenir l'éclat, prêt à se plonger dans les vagues étincelantes, apparaissait entre les cordages du vaisseau et versait encore le jour dans des espaces sans bornes. On eût dit, par le balancement de la poupe, que l'astre radieux changeait à chaque instant d'horizon. Les mâts, les haubans, les vergues du navire étaient couverts d'une teinte de rose. Quelques nuages erraient sans ordre dans l'orient, où la lune montait avec lenteur. Le reste du ciel était pur; et l'horizon du nord formant un glorieux triangle avec l'astre du jour et celui de la nuit, une trombe chargée des couleurs du prisme s'élevait de la mer comme une colonne de cristal supportant la voûte du ciel.

Il eût été bien à plaindre celui qui dans ce beau spectacle n'eût pas reconnu la beauté de Dieu! Des larmes coulèrent malgré moi de mes paupières lorsque tous mes compagnons, ôtant leurs chapeaux goudronnés, vinrent à entonner d'une voix rauque leur simple cantique à *Notre-Dame de bon Secours*, patronne des mariniers. Qu'elle était touchante la prière de ces hommes qui sur une planche fragile, au milieu de l'Océan, contemplaient un soleil couchant sur les flots! Comme elle allait à l'âme cette invocation du pauvre matelot à la Mère de douleur! Cette humiliation devant celui qui envoie les orages et le calme; cette conscience de notre petitesse à la vue de l'infini; ces chants s'étendant au loin sur les vagues; les monstres marins, étonnés de ces accents inconnus, se précipitant au fond de leurs gouffres; la nuit s'approchant avec ses embûches; là merveille de notre vaisseau au milieu de tant de merveilles; un équipage religieux, saisi d'admiration et de crainte; un prêtre auguste en prière; Dieu penché sur l'abîme, d'une main retenant le soleil aux portes de l'occident, de l'autre élevant la lune à l'horizon opposé, et prêtant à travers l'immensité une oreille attentive à la faible voix de sa créature : voilà ce qu'on ne saurait peindre et ce que tout le cœur de l'homme suffit à peine pour sentir !

CHATEAUBRIAND.

La Rose et le Papillon.

La puissance animale est d'un ordre bien supérieur à la puissance végétale. Le papillon est plus beau et mieux organisé que la rose. Voyez la reine des fleurs, formée de portions sphériques teintes de la plus riche des couleurs contrastée par un feuillage du plus beau vert, et balancée par le zéphir; le papillon la surpasse en harmonie de couleurs, de formes et de mouvements. Considérez avec quel art sont composées les quatre ailes dont il vole, la régularité des écailles qui le recouvrent comme des plumes, la variété de leurs teintes brillantes, les six pattes armées de griffes avec lesquelles il résiste aux vents dans son repos, la trompe roulée dont il pompe sa nourriture au sein des fleurs, les antennes, organes exquis du toucher, qui couronnent sa tête, et le réseau admirable d'yeux dont elle est entourée au nombre de plus de douze mille. Mais, ce qui le rend bien supérieur à la rose, il a outre la beauté des formes les facultés de voir, d'ouïr, d'odorer, de savourer, de sentir, de se mouvoir, de vouloir, enfin une âme douée de passions et d'intelligence. C'est pour le nourrir que la rose entr'ouvre les glandes nectarées de son sein; c'est pour en protéger les œufs collés comme un bracelet autour de ses branches qu'elle est entourée d'épines. La rose ne voit ni n'entend l'enfant qui accourt pour la cueillir; mais le papillon posé sur elle échappe à la main prête à le saisir, s'élève dans les airs, s'abaisse, s'éloigne, se rapproche, et après s'être joué du chasseur il prend sa volée, et va chercher sur d'autres fleurs une retraite plus tranquille.

BERNARDIN DE SAINT PIERRE. Harmonies de la nature.

DESCRIPTIONS.

L'Orage.

L'horizon se chargeait au loin de vapeurs ardentes et sombres: le soleil commençait à pâlir: la surface des eaux,

unie et sans mouvement, se couvrait de couleurs lugubres,
dont les teintes variaient sans cesse. Déjà le ciel, tendu et
fermé de toutes parts, n'offrait à nos yeux qu'une voûte
ténébreuse que la flamme pénétrait et qui s'appesantissait
sur la terre. Toute la nature était dans le silence, dans l'at-
tente, dans un état d'inquiétude qui se communiquait jusqu'au fond de nos âmes. Nous cherchâmes un asile dans le
vestibule du temple, et bientôt nous vîmes la foudre briser
à coups redoublés cette barrière de ténèbres et de feu sus-
pendue sur nos têtes, des nuages épais rouler par masses
dans les airs et tomber en torrents sur la terre, les vents
déchaînés fondre sur la mer et la bouleverser dans ses
abîmes. Tout grondait, le tonnerre, les vents, les antres, les
montagnes, et de tous ces bruits réunis il se formait un
bruit épouvantable qui semblait la dissolution de l'univers.
L'aquilon ayant redoublé ses efforts, l'orage alla porter ses
fureurs dans les climats brûlants de l'Afrique. Nous le sui-
vîmes des yeux, nous l'entendîmes mugir dans le lointain ;
le soleil brilla d'une clarté plus pure ; et cette mer, dont les
vagues écumantes s'étaient élevées jusqu'aux cieux, traî-
nait à peine ses flots jusque sur le rivage.

Voyage d'Anacharsis.

La Mer.

La première chose qui se présente c'est l'immense quantité d'eau qui couvre la plus grande partie du globe ; ces
eaux occupent toujours les parties les plus basses, elles
sont aussi toujours de niveau, et elles tendent perpétuelle-
ment à l'équilibre et au repos ; cependant nous les voyons
agitées par une forte puissance, qui, s'opposant à la tran-
quillité de cet élément, lui imprime un mouvement périodi-
que et réglé, soulève et abaisse alternativement les flots, et
fait un balancement de la masse totale des mers, en les re-
muant jusqu'à la plus grande profondeur. Nous savons que
ce mouvement est de tous les temps, et qu'il durera autant
que la lune et le soleil, qui en sont les causes.

Considérant ensuite le fond de la mer, nous y remar-

quons autant d'inégalités que sur la surface de la terre ;
nous y trouvons des hauteurs, des vallées, des plaines, des
profondeurs, des rochers, des terrains de toute espèce ;
nous voyons que toutes les îles ne sont que les sommets de
vastes montagnes, dont le pied et les racines sont couverts
de l'élément liquide ; nous y trouvons d'autres sommets de
montagnes qui sont presque à fleur d'eau ; nous y remar-
quons des courants rapides qui semblent se soustraire au
mouvement général : on les voit se porter quelquefois constamment dans la même direction, quelquefois rétrograder,
et ne jamais excéder leurs limites, qui paraissent aussi in-
variables que celles qui bornent les efforts des fleuves de
la terre. Là sont ces contrées orageuses où les vents en fureur précipitent la tempête, où la mer et le ciel également
agités se choquent et se confondent : ici sont des mouvements intestins, des bouillonnements, des trombes et des
agitations extraordinaires causées par des volcans dont la
bouche submergée vomit le feu du sein des ondes, et pousse
jusqu'aux nues une épaisse vapeur mêlée d'eau, de soufre
et de bitume. Plus loin je vois ces gouffres dont on n'ose
approcher, qui semblent attirer les vaisseaux pour les en-
gloutir : au delà j'aperçois ces vastes plaines, toujours cal-
mes et tranquilles, mais tout aussi dangereuses, où les
vents n'ont jamais exercé leur empire, où l'art du nauton-
nier devient inutile, où il faut rester et périr ; enfin, portant les yeux jusqu'aux extrémités du globe, je vois ces
glaces énormes qui se détachent des continents des pôles, et
viennent comme des montagnes flottantes voyager et se
fondre jusque dans les régions tempérées.

Voilà les principaux objets que nous offre le vaste empire de la mer. Des milliers d'habitants de différentes espèces en peuplent toute l'étendue ; les uns, couverts d'écailles légères, en traversent avec rapidité les différents pays ;
d'autres, chargés d'une épaisse coquille, se traînent pesam-
ment et marquent avec lenteur leur retour sur le sable ;
d'autres, à qui la nature a donné des nageoires en forme
d'ailes, s'en servent pour s'élever et se soutenir dans les
airs ; d'autres enfin, à qui tout mouvement a été refusé,

croissent et vivent attachés aux rochers : tous trouvent dans
cet élément leur pâture. Le fond de la mer produit abon-
damment des plantes, des mousses et des végétations encore plus singulières; le terrain de la mer est de sable, de
gravier, souvent de vase, quelquefois de terre ferme, de
coquillages, de rochers : et partout il ressemble à la terre
que nous habitons.

BUFFON.

Les Déserts de l'Arabie Pétrée.

Qu'on se figure un pays sans verdure et sans eau, un
soleil brûlant, un ciel toujours sec, des plaines sablonneu-
ses, des montagnes encore plus arides, sur lesquelles l'œil
s'étend et le regard se perd sans pouvoir s'arrêter sur aucun objet vivant; une terre morte et pour ainsi dire écor-
chée par les vents, laquelle ne présente que des ossements,
des cailloux jonchés, des rochers debout ou renversés; un
désert entièrement découvert, où le voyageur n'a jamais
respiré sous l'ombrage, où rien ne l'accompagne, rien ne
lui rappelle la nature vivante : solitude absolue, mille fois
plus affreuse que celle des forêts; car les arbres sont encore des êtres, pour l'homme qui se voit seul plus isolé,
plus dénué, plus perdu dans ces lieux vides et sans bornes :
il voit partout l'espace comme son tombeau; la lumière du
jour, plus triste que l'ombre de la nuit, ne renaît que pour
éclairer sa nudité, son impuissance, et pour lui présenter
l'horreur de sa situation en reculant à ses yeux les bar-
rières du vide, en étendant autour de lui l'abîme de l'immensité qui le sépare de la terre habitée; immensité qu'il
tenterait en vain de parcourir, car la faim, la soif et la chaleur brûlante pressent tous les instants qui lui restent entre
le désespoir et la mort.

LE MÊME.

Le Chevreuil.

Le cerf, comme le plus noble des habitants des bois, occupe dans les forêts les lieux ombragés par les cimes élevées

2

des plus hautes futaies. Le chevreuil, comme étant d'une espèce plus inférieure, se contente d'habiter sous des lambris plus bas, et se tient ordinairement dans les feuillages épais des plus jeunes taillis ; mais, s'il a moins de noblesse, moins de force, et beaucoup moins de hauteur de taille, il a plus de grâce, plus de vivacité et même plus de courage que le cerf ; il est plus gai, plus leste, plus éveillé ; sa forme est plus arrondie, plus élégante, et sa figure plus agréable ; ses yeux surtout sont plus beaux, plus brillants, et paraissent animés d'un sentiment plus vif ; ses membres sont plus souples, ses mouvements plus prestes, et il bondit sans effort, avec autant de force que de légèreté.

Il est encore plus rusé, plus adroit à se dérober, plus difficile à suivre ; il a plus de finesse, plus de ressources d'instinct : car, quoiqu'il ait le désavantage mortel de laisser après lui des impressions plus fortes et qui donnent aux chiens plus d'ardeur et de véhémence d'appétit que l'odeur du cerf, il ne laisse pas que de savoir se soustraire à leur poursuite par la rapidité de sa première course et par ses détours multipliés. Il n'attend pas pour employer la ruse que la force lui manque ; dès qu'il sent au contraire que les premiers efforts d'une fuite rapide ont été sans succès, il revient sur ses pas, retourne, revient encore ; et lorsqu'il a confondu par des mouvements opposés la direction de l'aller avec celle du retour, lorsqu'il a mêlé les émanations présentes avec les émanations passées, il se sépare de la terre par un bond, et, se jetant de côté, il se couche sur le ventre et laisse sans bouger passer près de lui la troupe entière de ses ennemis ameutés.

Le même.

Le Cheval.

La plus noble conquête que l'homme ait jamais faite est celle de ce fier et fougueux animal qui partage avec lui les fatigues de la guerre et la gloire des combats : aussi intrépide que son maître, le cheval voit le péril et l'affronte ; il se fait au bruit des armes, il l'aime, il le cherche, et s'a-

nimé de la même ardeur. Il partage aussi ses plaisirs : à la
chasse, au tournoi, à la course, il brille, il étincelle. Mais
docile autant que courageux, il ne se laisse pas emporter à
son feu, il sait réprimer ses mouvements : non-seulement il
fléchit sous la main de celui qui le guide, mais il semble
consulter ses désirs, et, obéissant toujours aux impressions
qu'il en reçoit, il se précipite, se modère ou s'arrête, et
n'agit que pour y satisfaire. C'est une créature qui renonce
à son être pour n'exister que par la volonté d'un autre, qui
sait même la prévenir, qui par la promptitude et la préci-
sion de ses mouvements l'exprime et l'exécute, qui sent autant qu'on le désire et ne rend qu'autant qu'on veut, qui,
se livrant sans réserve, ne se refuse à rien, sert de toutes
ses forces, s'excède, et même meurt pour mieux obéir.

Le même.

Le Serpent.

Ses mouvements diffèrent de ceux de tous les autres animaux : on ne saurait dire où gît le principe de ses déplace-
ments, car il n'a ni nageoires, ni pieds, ni ailes ; et cependant il fuit comme une ombre, il s'évanouit magiquement ;
il reparaît encore, semblable à une petite fumée d'azur, ou
aux éclairs d'un glaive dans les ténèbres. Tantôt il se forme
en cercle et darde une langue de feu ; tantôt, debout sur
l'extrémité de sa queue, il marche dans une altitude per-
pendiculaire, comme par enchantement. Il se jette en orbe,
monte et s'abaisse en spirale, roule ses anneaux comme une
onde, circule sur les branches des arbres, glisse sous l'herbe
des prairies ou sur la surface des eaux. Le Labyrinthe avait
moins de sinuosités que les méandres tracés par ce reptile.
Ses couleurs sont aussi peu déterminées que sa marche,
elles changent à tous les aspects de la lumière, et comme
ses mouvements elles ont le faux brillant et les variétés
trompeuses de la séduction.

Plus étonnant encore dans le reste de ses mœurs, il sait,
ainsi qu'un homme souillé de meurtre, jeter à l'écart sa robe
tachée de sang, dans la crainte d'être reconnu. Par une

étrange faculté il peut faire rentrer dans son sein les petits monstres que l'amour en a fait sortir. Il sommeille des mois entiers, fréquente les tombeaux, habite les lieux inconnus, compose des poisons qui glacent, brûlent ou tachent le corps de sa victime des couleurs dont il est lui-même marqué. Là il lève deux têtes menaçantes; ici il fait entendre une sonnette; il siffle comme un aigle de montagne, mugit comme un taureau. Objet d'horreur ou d'adoration, les hommes ont pour lui une haine implacable ou tombent devant son génie. Le mensonge l'appelle, la prudence le réclame, l'envie le porte dans son cœur, et l'éloquence à son caducée. Aux enfers, il arme le fouet des Furies; au ciel, l'Éternité en fait son symbole. Il possède encore l'art de séduire l'innocence: ses regards enchantent les oiseaux dans les airs, et sous la fougère de la crèche la brebis lui abandonne son lait.

CHATEAUBRIAND. Génie du Christianisme.

DÉFINITIONS.

La Vérité.

La vérité, cette lumière du ciel, est la seule chose d'ici-bas qui soit digne des soins et des recherches de l'homme. Elle seule est la lumière de notre esprit, la règle de notre cœur, la source des vrais plaisirs, le fondement de nos espérances, la consolation de nos craintes, l'adoucissement de nos maux, le remède de toutes nos peines; elle seule est la source de la bonne conscience, la terreur de la mauvaise, la peine secrète du vice, la récompense intérieure de la vertu; elle seule immortalise ceux qui l'ont aimée, illustre les chaînes de ceux qui souffrent pour elle, attire les honneurs publics aux cendres de ses martyrs et de ses défenseurs, et rend respectables l'abjection et la pauvreté de ceux qui ont tout quitté pour la suivre ; enfin elle seule inspire des pensées magnanimes, forme des âmes héroïques, des âmes dont le monde n'est pas digne, des sages seuls dignes de ce nom. Tous nos soins devraient donc se borner à la connaître, tous nos talents à la manifester, tout notre zèle à la défendre ; nous ne devrions donc chercher dans les hommes que la vérité et ne souffrir qu'ils voulussent nous plaire que par elle ; en un mot, il semble qu'il devrait suffire qu'elle se montrât à nous pour se faire aimer, et qu'elle nous montrât à nous-mêmes pour nous apprendre à nous connaître.

MASSILLON.

L'Amour-Propre.

L'amour-propre est l'amour de soi-même et de toutes choses pour soi ; il rend les hommes idolâtres d'eux-mêmes, et les rendrait les tyrans des autres si la fortune leur en donnait les moyens. Il ne se repose jamais hors de soi, et ne s'arrête dans les sujets étrangers que comme les abeilles sur les fleurs, pour en tirer ce qui lui est propre. Il n'est rien de si impétueux que ses désirs, rien de si caché que ses desseins, rien de si habile que sa conduite. Ses souplesses ne se peuvent représenter, ses transformations passent celles des Métamorphoses, et ses raffinements ceux de la chimie : on ne peut sonder la profondeur ni percer les ténèbres de ses abîmes. Là il est à couvert des yeux les plus pénétrants, il fait mille insensibles tours et retours ; là il est souvent invisible à lui-même : il y conçoit, il y nourrit, il y élève sans le savoir un grand nombre d'affections et de haines ; il en forme de si monstrueuses que, lorsqu'il les a mises au jour, il les méconnaît ou il ne peut se résoudre à les avouer.

De cette nuit qui le couvre naissent les ridicules persuasions qu'il a de lui-même, ses erreurs, ses ignorances sur son sujet. De là vient qu'il croit que ses sentiments sont morts lorsqu'ils ne sont qu'endormis, qu'il s'imagine n'avoir plus envie de courir dès qu'il se repose, et qu'il pense avoir perdu tous les goûts qu'il a rassasiés. Mais cette obscurité épaisse qui le cache à lui-même n'empêche pas qu'il ne voie parfaitement ce qui est hors de lui, en quoi il est semblable à nos yeux. Il veut obtenir des choses qui ne lui sont pas avantageuses et qui même lui sont nuisibles, mais qu'il poursuit parce qu'il les veut ; il est bizarre, et met souvent toute son application dans les emplois les plus frivoles, et trouve tout son plaisir dans les plus fades, et conserve toute sa fierté dans les plus méprisables. Il est dans tous les états de la vie et dans toutes les conditions, il vit partout ; il vit de tout, il vit de rien ; il s'accommode des choses, de leur privation ; il passe même dans le parti des gens qui lui font la guerre, il entre dans leurs desseins, et, ce qui est admirable, il se hait lui-même avec eux ; il conjure à sa perte, il travaille même à sa ruine ; enfin il ne se soucie que d'être, et, pourvu qu'il soit, il veut bien être son ennemi.

Il ne faut donc pas s'étonner s'il se joint quelquefois à la plus rude austérité, et s'il entre hardiment en société avec elle pour se détruire, parce que dans le même temps qu'il se ruine dans un endroit il se rétablit dans un autre. Quand on pense qu'il quitte son plaisir, il ne fait que le suspendre ou le changer ; et lors même qu'il est vaincu et qu'on croit en être défait, on le trouve qui triomphe dans sa propre défaite. Voilà la peinture de l'amour-propre, dont toute la vie n'est qu'une grande et longue agitation ; la mer en est une image sensible, et l'amour-propre trouve dans le flux et reflux de ses vagues une fidèle expression de la succession turbulente de ses pensées et de ses éternels mouvements.

LA ROCHEFOUCAULT.

La Médisance.

La médisance est un feu dévorant qui flétrit tout ce qu'il touche, qui exerce sa fureur sur le bon grain comme sur la paille, sur le profane comme sur le sacré ; qui ne laisse partout où il a passé que la ruine et la désolation ; qui creuse jusque dans les entrailles de la terre et va s'attacher aux choses les plus cachées; qui change en de viles cendres ce qui nous avait paru il n'y a qu'un moment si précieux et si brillant; qui, dans le temps même qu'il paraît couvert et presque éteint, agit avec plus de violence et de danger que jamais; qui noircit ce qu'il ne peut consommer, et qui sait plaire et briller quelquefois avant que de nuire.

La médisance est un orgueil secret qui nous découvre la paille dans l'œil de notre frère et nous cache la poutre qui est dans le nôtre; une envie basse, qui, blessée des talents ou de la prospérité d'autrui, en fait le sujet de sa censure et s'étudie à obscurcir l'éclat de tout ce qui l'efface; une haine déguisée qui répand sur ses paroles l'amertume cachée dans le cœur; une duplicité indigne qui loue en face et déchire en secret; une légèreté honteuse qui ne sait pas se vaincre et se retenir sur un mot, et qui sacrifie souvent sa fortune et son repos à l'imprudence d'une censure qui sait plaire; une barbarie de sang-froid qui va percer notre frère absent, un scandale pour ceux qui nous écoutent, une justice où vous ravissez à votre frère ce qu'il a de plus cher.

La médisance est un mal inquiet qui trouble la société, qui jette la dissension dans les cités, qui désunit les amitiés les plus étroites, qui est la source de haines et de vengeances, qui remplit tous les lieux où elle entre de désordres et de confusion, partout ennemie de la paix, de la douceur et de la politesse. Enfin c'est une source pleine d'un venin mortel: tout ce qui en part est infecté et infecte tout ce qui l'environne; ses louanges mêmes sont empoisonnées, ses applaudissements malins, son silence criminel; ses gestes, ses mouvements, ses regards, tout a son poison, et le répand à sa manière.

MASSILLON.

L'Avarice.

L'avare n'amasse que pour amasser; ce n'est pas pour fournir à ses besoins, il se les refuse; son argent lui est plus précieux que sa santé, que sa vie, que lui-même;

toutes ses actions, toutes ses vues, toutes ses affections ne se rapportent qu'à cet indigne objet. Personne ne s'y trompe, et il ne prend aucun soin de dérober aux yeux du public le misérable penchant dont il est possédé : car tel est le caractère de cette honteuse passion, de se manifester de tous les côtés, de ne faire au dehors aucune démarche qui ne soit marquée de ce maudit caractère, et de n'être un mystère que pour celui seul qui en est possédé. Toutes les autres passions sauvent du moins les apparences, on les cache aux yeux du public ; une imprudence peut quelquefois les dévoiler, mais le coupable cherche autant qu'il est en soi les ténèbres. Mais pour la passion de l'avarice, l'avare ne se la cache qu'à lui-même : loin de prendre des précautions pour la dérober aux yeux du public, tout l'annonce en lui, tout la montre à découvert ; il la porte écrite dans son langage, dans ses actions, dans toute sa conduite, et pour ainsi dire sur son front.

L'âge et les réflexions guérissent d'ordinaire les autres passions, au lieu que l'avarice semble se ranimer et reprendre de nouvelles forces dans la vieillesse. Plus on avance vers ce moment fatal où tout cet amas sordide doit disparaître et nous être enlevé, plus on s'y attache ; plus la mort approche, plus on couve des yeux son misérable trésor, plus on le regarde comme une précaution nécessaire pour un avenir chimérique. Ainsi l'âge rajeunit pour ainsi dire cette indigne passion ; les années, les maladies, les réflexions, tout l'enfonce plus profondément dans l'âme ; elle se nourrit et s'enflamme par les remèdes mêmes qui guérissent et éteignent toutes les autres. On a vu des hommes, dans une décrépitude où à peine leur restait-il assez de force pour soutenir un cadavre tout prêt à retomber en poussière, ne conserver dans la défaillance totale des facultés de leur âme un reste de sensibilité et pour ainsi dire de signe de vie que pour cette indigne passion, elle seule se soutenir, se ranimer sur les débris de tout le reste, le dernier soupir être encore pour elle, les inquiétudes des derniers moments la regarder encore, et l'infortuné qui meurt jeter encore des regards mourants qui vont s'éteindre sur un argent que la mort lui arrache, mais dont elle n'a pu arracher l'amour de son cœur.

Le même.

L'Ambitieux.

Quelle idée vous formez-vous d'un ambitieux préoccupé du désir de se faire grand? Si je vous disais que c'est un homme ennemi par profession de tous les autres hommes (j'entends de tous ceux avec qui il peut avoir quelque rapport d'intérêt), un homme à qui la prospérité d'autrui est un supplice; qui ne peut voir le mérite, en quelque sujet qu'il se rencontre, sans le haïr et sans le combattre; qui n'a ni foi ni sincérité; toujours prêt, dans la concurrence, à trahir l'un, à supplanter l'autre, à décrier celui-ci, à perdre celui-là, pour peu qu'il espère d'en profiter; qui, de sa grandeur prétendue, de sa fortune se fait une divinité à laquelle il n'y a ni amitié, ni reconnaissance, ni considération, ni devoir qu'il ne sacrifie, ne manquant pas de tours et de déguisements spécieux pour le faire même honnêtement selon le monde; en un mot, qui n'aime personne et que personne ne peut aimer; si je vous le figurais de la sorte, ne diriez-vous pas que c'est un monstre dans la société, dont je vous aurais fait la peinture? et cependant, pour peu que vous fassiez de réflexions sur ce qui se passe tous les jours au milieu de vous, n'avouerez-vous pas que ce sont là les véritables traits de l'ambition, tandis qu'elle est encore aspirante, et dans la poursuite d'une fin qu'elle se propose?

Bourdaloue.

Connaissance de soi-même.

Le précepte le plus commun de la philosophie, tant païenne que chrétienne, est celui de se *connaître soi-même*; et il n'y a rien en quoi les hommes se soient plus accordés que dans l'aveu de ce devoir : c'est une de ces vérités sensibles qui n'ont point besoin de preuve, et qui trouvent dans tous les hommes un cœur qui les sent et une lumière qui les approuve. Quelque agréable qu'on s'imagine l'illusion d'un homme qui se trompe dans l'idée qu'il a de lui-même, on le trouve toujours malheureux d'être trompé, et on est au contraire pénétré du sentiment qu'un poëte a exprimé dans ces vers :

> Qu'un homme est méprisable à l'heure du trépas,
> Lorsque ayant négligé le seul point nécessaire,
> Il meurt connu de tous, et ne se connaît pas !

Il faut faire d'autant plus d'état de ces principes dans lesquels les hommes se trouvent unis par un consentement si unanime, que cela ne leur arrive pas souvent. Leur humeur vaine et maligne les a toujours portés à se contredire les uns les autres quand ils en ont eu le moindre sujet. Chacun a voulu ou rabaisser les autres, ou s'en distinguer en disant quelque chose de nouveau et en ne suivant pas le train commun : ainsi il faut qu'une vérité soit bien claire lorsqu'elle étouffe cette inclination et qu'elle les contraint à se réunir dans quelque maxime. Et c'est ce qui est arrivé à l'égard de celle-ci, car il ne s'est point trouvé de philosophe assez bizarre pour prétendre que l'homme devait éviter de se connaître ; que si quelqu'un passait même jusqu'à cet excès, il ne pourrait le faire qu'en supposant que l'homme est si malheureux et que ses maux sont tellement sans remède, qu'il ne ferait qu'augmenter son malheur en se connaissant soi-même : et ainsi il faudrait toujours se connaître pour conclure même par ce bizarre raisonnement qu'il est bon de ne se connaître pas.

Mais ce qui est bien étrange, c'est qu'étant si unis à avouer l'importance de ce devoir, ils ne le sont pas moins dans l'éloignement de le pratiquer ; car, bien loin de travailler sérieusement à acquérir cette connaissance, ils ne sont presque occupés toute leur vie que du soin de l'éviter. Rien ne leur est plus odieux que cette lumière qui les découvre à leurs propres yeux et qui les oblige de se voir tels qu'ils sont : ainsi ils font toutes choses pour se la cacher, et ils établissent leur repos à vivre dans l'ignorance et dans l'oubli de leur état.

NICOLE. Essais de morale.

FABLES ET ALLÉGORIES.

Le Singe.

Un vieux Singe malin étant mort, son ombre descendit dans la sombre demeure de Pluton, où elle demanda à retourner parmi les vivants. Pluton voulait la renvoyer dans le corps d'un âne pesant et stupide, pour lui ôter sa souplesse, sa vivacité et sa malice ; mais elle fit tant de tours plaisants et badins, que l'inflexible roi des enfers ne put s'empêcher de rire et lui laissa le choix d'une condition. Elle demanda à entrer dans le corps d'un perroquet. « Au moins, disait-elle, je conserverai par là quelque ressemblance avec les hommes, que j'ai longtemps imités. Étant singe, je faisais des gestes comme eux ; étant perroquet, je parlerai avec eux dans les plus agréables conversations. »

A peine l'âme du Singe fut introduite dans ce nouveau métier, qu'une vieille femme causeuse l'acheta. Il fit ses délices ; elle le mit dans une belle cage. Il faisait bonne chère et discourait toute la journée avec la vieille radoteuse, qui ne parlait pas plus sensément que lui. Il joignit à son nouveau talent d'étourdir tout le monde je ne sais quoi de son ancienne profession : il remuait sa tête ridiculement, il faisait craquer son bec, il agitait ses ailes de cent façons, et faisait de ses pattes plusieurs tours qui sentaient encore les grimaces de Fagotin. La vieille prenait à toute heure ses lunettes pour l'admirer ; elle était bien fâchée d'être un peu sourde et de perdre quelquefois des paroles de son perroquet, à qui elle trouvait plus d'esprit qu'à personne. Ce perroquet gâté devint bavard, importun et fou. Il se tourmenta si fort dans sa cage et but tant de vin avec la vieille, qu'il en mourut.

Le voilà revenu devant Pluton, qui voulut cette fois le faire passer dans le corps d'un poisson, pour le rendre muet.

Mais il fit encore une farce devant le roi des ombres, et les princes ne résistent guère aux plaintes des mauvais plaisants qui les flattent : Pluton accorda donc à celui-ci qu'il irait dans le corps d'un homme; mais comme le dieu eut honte de l'envoyer dans le corps d'un homme sage et vertueux, il le destina au corps d'un harangueur ennuyeux et importun, qui mentait, qui se vantait sans cesse, qui faisait des gestes ridicules, qui se moquait de tout le monde, qui interrompait toutes les conversations les plus polies et les plus solides pour dire rien ou les sottises les plus grossières. Mercure, qui le reconnut dans ce nouvel état, lui dit en riant : « Ho! ho! je te reconnais; tu n'es qu'un composé du singe et du perroquet que j'ai vus autrefois. Qui t'ôterait les gestes et les paroles apprises par cœur sans jugement ne laisserait rien de toi. » D'un joli singe et d'un bon perroquet on n'en fait qu'un sot homme.

Fénelon.

Le Lapin de La Fontaine.

Je m'étais ennuyé longtemps et j'en avais ennuyé bien d'autres. Je voulus aller m'ennuyer tout seul. J'ai une fort belle forêt : j'y allai un jour, ou, pour mieux dire, un soir, pour tirer un lapin. C'était à l'heure de l'affût. Quantité de lapereaux paraissaient, disparaissaient, se grattaient le nez, faisaient mille bonds, mille tours, mais toujours si vite, que je n'avais pas le temps de lâcher mon coup. Un ancien, d'un poil un peu plus gris, d'une allure plus posée, parut tout d'un coup au bord de son terrier. Après avoir fait sa toilette tout à son aise (car c'est de là qu'on dit : Propre comme un lapin), voyant que je le tenais au bout de mon fusil : « Tire donc, me dit-il, qu'attends-tu? » Oh ! je vous avoue que je fus saisi d'étonnement!... Je n'avais jamais tiré qu'à la guerre sur des animaux qui parlent! « Je n'en ferai rien, lui dis-je, tu es sorcier, ou je meure. — Moi, point du tout, me répondit-il ; je suis un vieux lapin de La Fontaine. » Pour le coup, je tombai de mon haut, je me mis à ses petits pieds, je lui demandai mille pardons, et lui fis des reproches de ce qu'il s'était exposé. « Eh ! d'où vient cet ennui de vivre ? — De tout ce que je vois. — Eh ! donc, n'avez-vous pas le même thym, le même serpolet ? — Oui, mais ce ne sont plus les mêmes gens. Si tu savais avec qui je suis obligé de passer ma vie ! Hélas ! ce ne sont plus les bêtes de mon temps ; ce sont de petits lapins musqués qui cherchent des fleurs ; ils veulent se nourrir de roses, au lieu d'une bonne feuille de chou qui nous suffisait autrefois. Ce sont des lapins géomètres, politiques, philosophes, que sais-je ? d'autres qui ne parlent qu'allemand, d'autres qui parlent un français que je n'entends pas davantage. Si je sors de mon trou pour passer chez quelque gent voisine, c'est de même, je ne comprends plus personne : les bêtes d'aujourd'hui ont tant d'esprit ! Enfin, vous le dirai-je ? à force d'en avoir ils en ont si peu, que notre vieux âne en avait davantage que les singes de ce temps-ci. » Je priai mon lapin de ne plus avoir d'humeur, et je lui dis que j'aurais soin de lui et de ses camarades, s'il s'en trouvait encore. Il me promit de me dire ce qu'il disait à La Fontaine, et de me mener chez ses vieux amis. Il m'y mena en effet. Sa grenouille, qui n'était pas tout à fait morte, quoiqu'il l'eût dit, était de la plus grande modestie en comparaison des autres animaux que nous voyons tous les jours ; ses crapauds, ses cigales chantaient mieux que nos rossignols ; ses loups valaient mieux que nos moutons. Adieu, petit lapin : je vais retourner dans mes bois, à mes champs et à mon verger. J'élèverai une statue à La Fontaine, et je passerai ma vie avec les bêtes de ce bonhomme.

Le prince DE LIGNE.

MORALE RELIGIEUSE.

Existence de Dieu.

Qu'est-il besoin de nouvelles recherches et de spéculations pénibles pour connaître ce qu'est Dieu ? Nous n'avons qu'à lever les yeux en haut, nous voyons l'immensité des cieux qui sont l'ouvrage de ses mains, ces grands corps de lumière qui roulent si régulièrement et si majestueusement sur nos têtes, et auprès desquels la terre n'est qu'un atome imperceptible. Quelle magnificence! Qui a dit au soleil : « Sortez du néant, et présidez au jour » ? Et à la lune : « Paraissez, et soyez le flambeau de la nuit » ? Qui a donné l'être et le nom à cette multitude d'étoiles qui décorent avec tant de splendeur le firmament, et qui sont autant de soleils immenses, attachés chacun à une espèce de monde nouveau qu'ils éclairent? Quel est l'ouvrier dont la toute-puissance a pu opérer ces merveilles, où tout l'orgueil de la raison éblouie se perd et se confond? Quel autre que le souverain Créateur de l'univers pourrait les avoir opérées ? Seraient-elles sorties d'elles-mêmes du sein du hasard et du néant ? et l'impie sera-t-il assez désespéré pour attribuer à ce qui n'est pas une toute-puissance qu'il ose refuser à celui qui est essentiellement et par qui tout a été fait ?

Les peuples les plus grossiers et les plus barbares entendent le langage des cieux. Dieu les a établis sur nos têtes comme des hérauts célestes qui ne cessent d'annoncer à tout l'univers sa grandeur : leur silence majestueux parle le langage de tous les hommes et de toutes les nations; c'est une voix entendue partout où la terre nourrit des habitants. Qu'on parcoure jusqu'aux extrémités les plus reculées de la terre et les plus désertes, nul lieu dans l'univers, quelque caché qu'il soit au reste des hommes, ne peut se dérober à l'éclat de cette puissance qui brille au-dessus de nous dans les globes lumineux qui décorent le firmament.

Voilà le premier livre que Dieu a montré aux hommes pour leur apprendre ce qu'il était; c'est là qu'ils étudièrent d'abord ce qu'il voulait leur manifester de ses perfections infinies : c'est à la vue de ces grands objets que, frappés d'admiration et d'une crainte respectueuse, ils se prosternaient pour en adorer l'auteur tout-puissant. Il ne leur fallait pas des prophètes pour les instruire de ce qu'ils devaient à la majesté suprême; la structure admirable des cieux et de l'univers le leur apprenait assez. Ils laissèrent cette religion simple et pure à leurs enfants; mais ce précieux dépôt se corrompit entre leurs mains. A force d'admirer la beauté et l'éclat des ouvrages de Dieu, ils les prirent pour Dieu même; les astres, qui ne paraissaient que pour annoncer sa gloire aux hommes, devinrent eux-mêmes leurs divinités. Insensés! ils offrirent des vœux et des hommages au soleil et à la lune, et à toute la milice du ciel, qui ne pouvaient ni les entendre ni les recevoir! La beauté de ces ouvrages fit oublier aux hommes ce qu'ils devaient à leur auteur.

Massillon.

La Création.

Qui a formé tant de genres d'animaux et tant d'espèces subordonnées à ces genres, toutes ces propriétés, tous ces mouvements, toutes ces adresses, tous ces aliments, toutes ces forces diverses, toutes ces images de vertu, de pénétration, de sagacité et de violence? Qui a fait marcher, ramper, glisser les animaux? Qui a donné aux oiseaux et aux poissons ces rames naturelles qui leur font fendre les eaux et l'air? ce qui peut-être a donné lieu à leur Créateur de les produire ensemble, comme animaux d'un dessin à peu près semblable, le vol des oiseaux paraissant être une espèce de faculté de nager dans une matière plus subtile, comme la faculté de nager, dans les poissons, est une espèce de vol dans une liqueur plus épaisse. Le même auteur a fait ces convenances et ces différences; celui qui a donné aux poissons leur tristesse et pour ainsi dire leur morne silence a donné aux oiseaux leurs chants si divers, et leur a mis dans l'estomac et dans le gosier une espèce de lyre et de guitare, pour annoncer chacun à sa mode les beautés de leur Créateur. Qui n'admirerait les richesses de la Providence, qui fait trouver à chaque animal, jusqu'à une mouche, jusqu'à un ver, sa nourriture convenable? En sorte que la disette ne se trouve dans aucune partie de sa famille, mais, au contraire, que l'abondance y règne partout, excepté maintenant parmi les hommes, depuis que le péché a introduit la cupidité et l'avarice.

BOSSUET. Élévations.

La Conscience.

Partout nous rendons hommage, par nos troubles et par nos remords secrets, à la sainteté de la vertu que nous violons; partout un fond d'ennui et de tristesse inséparable du crime nous fait sentir que l'ordre et l'innocence sont le seul bonheur qui nous était destiné sur la terre. Nous avons beau faire montre d'une vaine intrépidité, la conscience criminelle se trahit toujours elle-même. Les terreurs cruelles marchent partout devant nous, la solitude nous trouble, les ténèbres nous alarment: nous croyons voir sortir de tous côtés des fantômes qui viennent toujours nous reprocher les horreurs secrètes de notre âme, des songes funestes nous remplissent d'images noires et sombres; et le crime, après lequel nous courons avec tant de goût, court ensuite après nous comme un vautour cruel, et s'attache à nous pour nous déchirer le cœur et nous punir du plaisir qu'il nous a lui-même donné.

MASSILLON.

Vraie et fausse Philanthropie.

Il y a deux manières de se donner aux hommes; la première est de se faire aimer, non pour être leur idole, mais pour employer leur confiance à les rendre bons : cette philanthropie est toute divine. Il y en a une autre qui est une fausse monnaie, quand on se donne aux hommes pour leur plaire, pour les éblouir, pour usurper de l'autorité sur eux en les flattant : ce n'est pas eux qu'on aime, c'est soi-même; on n'agit que par vanité et par intérêt; on fait semblant de se donner, pour posséder ceux à qui on fait accroire qu'on se donne à eux. Ce faux philanthrope est comme un pêcheur qui jette un hameçon avec un appât : il paraît nourrir les poissons, mais il les prend et les fait mourir. Tous les tyrans, tous les magistrats, tous les politiques qui ont de l'am-

bition, paraissent bienfaisants et généreux ; ils paraissent
se donner, et ils veulent prendre les peuples; ils jettent l'hameçon dans les festins, dans les compagnies, dans les as-
semblées publiques ; ils ne sont pas sociables pour l'intérêt
des hommes, mais pour user de tout le genre humain. Ils
ont un esprit flatteur, insinuant, artificieux, pour corrom-
pre les mœurs des hommes comme les courtisanes, et pour
réduire en servitude tous ceux dont ils ont besoin. La corruption de ce qu'il y a de meilleur est le plus pernicieux de
tous les maux. De tels hommes sont les pestes du genre humain. Au moins l'amour-propre d'un misanthrope n'est que
sauvage et inutile au monde ; mais celui de ces faux phi-
lanthropes est traître et tyrannique ; ils promettent toutes les
vertus de la société, et ils ne font de la société qu'un trafic,
dans lequel ils veulent tout attirer à eux et asservir tous
les citoyens. Le misanthrope fait plus de peur et moins de
mal. Un serpent qui se glisse entre les fleurs est plus à
craindre qu'un animal sauvage, qui s'enfuit vers sa tanière
dès qu'il vous aperçoit.

Fénelon.

L'Oubli et l'abandon des pauvres.

Combien de pauvres sont oubliés! combien demeurent
sans secours et sans assistance! Oubli d'autant plus déplorable, que de la part des riches il est volontaire et par con-
séquent criminel. Je m'explique : combien de malheureux
réduits aux dernières rigueurs de la pauvreté, et que l'on
ne soulage pas parce qu'on ne les connaît pas et qu'on ne
veut pas les connaître! Si l'on savait l'extrémité de leurs
besoins, on aurait pour eux, malgré soi, sinon de la charité, au moins de l'humanité. A la vue de leur misère, on
rougirait de ses excès, on aurait honte de ses délicatesses,
on se reprocherait ses folles dépenses et l'on s'en ferait avec
raison des crimes. Mais parce qu'on ignore ce qu'ils souffrent, parce qu'on ne veut pas s'en instruire, parce qu'on
craint d'en entendre parler, parce qu'on les éloigne de sa
présence, on croit en être quitte en les oubliant, et quel-

5

que extrêmes que soient leurs maux, on y devient insensible.

Combien de véritables pauvres que l'on rebute comme s'ils ne l'étaient pas, sans qu'on se donne et qu'on veuille se donner la peine de discerner s'ils le sont en effet! Combien de pauvres dont les gémissements sont trop faibles pour venir jusqu'à nous, et dont on ne veut pas s'approcher pour se mettre en devoir de les écouter! Combien de pauvres abandonnés! combien de désolés dans les prisons! combien de languissants dans les hôpitaux! combien de honteux dans les familles particulières! Parmi ceux qu'on connaît pour pauvres, et dont on ne peut ni ignorer ni même oublier le douloureux état, combien sont négligés! combien sont durement traités! Combien manquent de tout, pendant que le riche est dans l'abondance, dans le luxe, dans les délices! S'il n'y avait point de jugement dernier, voilà ce que l'on pourrait appeler le scandale de la Providence, la patience des pauvres outragée par la dureté et par l'insensibilité des riches.

BOURDALOUE.

Bonheur de l'Obscurité.

Heureux aujourd'hui celui qui, au lieu de parcourir le monde, vit loin des hommes! Heureux celui qui ne connaît rien au delà de son horizon, et pour qui le village voisin même est une terre étrangère! il n'a point laissé son cœur à des objets aimés qu'il ne reverra plus, ni sa réputation à la discrétion des méchants. Il croit que l'innocence habite dans les hameaux, l'honneur dans les palais et la vertu dans les temples; il met sa gloire et sa religion à rendre heureux ce qui l'environne. S'il ne voit dans ses jardins ni les fruits de l'Asie ni les ombrages de l'Amérique, il cultive des plantes qui font la joie de sa femme et de ses enfants. Il n'a pas besoin des monuments de l'architecture pour ennoblir son paysage; un arbre à l'ombre duquel un homme vertueux s'est reposé lui donne de sublimes ressouvenirs : le peuplier dans les forêts lui rappelle les combats d'Hercule, et le feuillage des chênes les couronnes du Capitole.

La culture des blés lui présente bien d'autres concerts agréables avec la vie humaine; il connait à leurs ombres les heures du jour, à leurs accroissements les rapides saisons, et il ne compte ses années fugitives que par leurs récoltes innocentes. Il ne craint point comme dans les villes un hymen infidèle ou une postérité trop nombreuse. Ses travaux sont toujours surpassés par les bienfaits de la nature. Dès que le soleil est au signe de la Vierge, il rassemble ses parents, il invite ses voisins, et dès l'aurore il entre avec eux, la faucille à la main, dans ses blés mûrs. Son cœur palpite de joie en voyant ses gerbes s'accumuler, et ses enfants danser autour d'elles, couronnés de bluets et de coquelicots : leurs jeux lui rappellent ceux de son premier âge, et la mémoire des vertueux ancêtres qu'il espère revoir un jour dans un monde plus heureux. Il ne doute pas qu'il y ait un Dieu, à la vue de ses moissons; et aux douces époques qu'elles ramènent à son souvenir, il le remercie d'avoir lié la société passagère des hommes par une chaîne éternelle de bienfaits.

Prés fleuris, majestueuses et murmurantes forêts, fontaines moussues, sauvages rochers fréquentés de la seule colombe, aimables solitudes qui nous ravissez par d'ineffables concerts! heureux qui pourra lever le voile qui couvre vos charmes secrets, mais plus heureux encore celui qui peut les goûter en paix dans le patrimoine de ses pères!

Bernardin de Saint-Pierre. Études de la nature.

Rapidité de la vie.

La vie humaine est semblable à un chemin dont l'issue est un précipice affreux : on nous en avertit dès le premier pas, mais la loi est prononcée, il faut avancer toujours. Je voudrais retourner sur mes pas. Marche, marche! Un poids invincible, une force invincible nous entraîne : il faut sans cesse avancer vers le précipice. Mille traverses, mille peines nous fatiguent et nous inquiètent dans la route; encore si je pouvais éviter ce précipice affreux : non, non, il faut marcher, il faut courir, telle est la rapidité des années. On se console pourtant, parce que de temps en temps on rencontre des objets qui nous divertissent, des eaux courantes, des fleurs qui passent. On voudrait arrêter. Marche, marche ! Et cependant on voit tomber derrière soi tout ce qu'on avait passé : fracas effroyable, inévitable ruine ! On se console parce qu'on emporte quelques fleurs cueillies en passant, qu'on voit se faner entre ses mains du matin au soir, quelques fruits qu'on perd en les goûtant. Enchantement ! toujours entraîné, tu approches du gouffre ! Déjà tout commence à s'effacer ; les jardins moins fleuris, les fleurs moins brillantes, leurs couleurs moins vives, les prairies moins riantes, les eaux moins claires, tout se ternit, tout s'efface : l'ombre de la mort se présente, on commence à sentir l'approche du gouffre fatal. Mais il faut aller sur le bord, encore un pas. Déjà l'horreur trouble les sens, la tête tourne, les yeux s'égarent, il faut marcher. On voudrait retourner en arrière, plus de moyens ; tout est tombé, tout est évanoui, tout est échappé.

Bossuet.

La Mort.

Nous la portons tous en naissant dans notre sein. Il semble que nous avons sucé dans les entrailles de nos mères un poison lent, avec lequel nous venons au monde, qui nous fait languir ici-bas, les uns plus, les autres moins, qui finit toujours par le trépas. Nous mourons tous les jours, chaque instant nous dérobe une portion de notre vie et nous avance d'un pas vers le tombeau. Le corps dépérit, la santé s'use, tout ce qui nous environne nous détruit, les aliments nous corrompent, les remèdes nous affaiblissent, ce feu spirituel qui nous anime au dedans nous consume, et toute notre vie n'est qu'une longue et pénible agonie. Or, dans cette situation, quelle image devrait être plus familière à l'homme que celle de la mort ? Un criminel condamné à mourir, quelque part qu'il jette les yeux, que peut-il voir que ce triste objet ?

Et le plus ou le moins que nous avons à vivre fait-il une différence assez grande pour nous regarder comme immortels sur la terre?

Il est vrai que la mesure de nos destinées n'est pas égale: les uns voient croître en paix jusqu'à l'âge le plus reculé le nombre de leurs années, et héritiers des bénédictions de l'ancien temps ils meurent pleins de joie au milieu d'une nombreuse postérité; les autres, arrêtés au milieu de leur course, voient les portes du tombeau s'ouvrir en un âge encore florissant, et cherchent en vain le reste de leurs années. Enfin il en est qui ne font que se montrer à la terre, qui finissent du matin au soir, et qui, semblables à la fleur des champs, ne mettent presque point d'intervalle entre l'instant qui les voit éclore et celui qui les voit sécher et disparaître. Le moment fatal marqué à chacun est un secret écrit dans le livre éternel.

Nous vivons donc tous incertains de la durée de nos jours; et cette incertitude, si capable toute seule de nous rendre attentifs à cette dernière heure, endort elle-même notre vigilance. Nous ne songeons point à la mort parce que nous ne savons pas où la placer dans les différents âges de notre vie; nous ne regardons pas même la vieillesse comme le terme du moins sûr et inévitable. Le doute si l'on y parviendra, qui devrait, ce semble, borner en deçà nos espérances, fait que nous les étendons même au delà de cet âge. Notre crainte, ne pouvant poser sur rien de certain, n'est plus qu'un sentiment vague et confus qui ne porte sur rien du tout: de sorte que l'incertitude, qui ne devrait tomber que sur le plus ou le moins, nous rend tranquilles sur le fond même.

Massillon.

Preuves physiques de l'Existence de Dieu.

DE LA TERRE.

Qui est-ce qui a suspendu ce globe de la terre? qui est-ce qui en a posé les fondements? Rien n'est, ce semble, plus vil qu'elle; les plus malheureux la foulent aux pieds; mais c'est pourtant pour la posséder qu'on donne les plus grands trésors: si elle était plus dure, l'homme ne pourrait en ouvrir le sein pour la cultiver; si elle était moins dure, elle ne pourrait le porter; il enfoncerait partout, comme on enfonce dans le sable ou dans le bourbier. C'est du sein inépuisable de la terre que sort tout ce qu'il y a de plus précieux.

Cette masse informe, vile et grossière, prend toutes les formes les plus diverses, et elle seule donne tour à tour tous les biens que nous lui demandons : cette boue si sale se transforme en mille beaux objets qui charment les yeux ; en une seule année elle devient branches, boutons, feuilles, fleurs, fruits et semences, pour renouveler ses libéralités en faveur des hommes. Rien ne l'épuise : plus on déchire ses entrailles, plus elle est libérale. Après tant de siècles, pendant lesquels tout est sorti d'elle, elle n'est point encore usée : elle ne ressent aucune vieillesse; ses entrailles sont encore pleines des mêmes trésors. Mille générations ont passé dans son sein : tout vieillit, excepté elle seule; elle rajeunit chaque année au printemps.

Elle ne manque jamais aux hommes; mais les hommes insensés se manquent à eux-mêmes en négligeant de la cultiver; c'est par leur paresse et leurs désordres qu'ils laissent croître les ronces et les épines en la place des vendanges et des moissons : ils se disputent un bien qu'ils laissent perdre. Les conquérants laissent en friche la terre pour la possession de laquelle ils ont fait périr tant de milliers d'hommes et ont passé leur vie dans une terrible agitation. Les hommes ont devant eux des terres immenses qui sont vides et incultes; et ils renversent le genre humain pour un coin de terre si négligée. La terre, si elle était bien cultivée, nourrirait cent fois plus d'hommes qu'elle n'en nourrit. L'inégalité même des terroirs, qui paraît d'abord un défaut, se tourne en ornement et en utilité. Les montagnes se sont élevées et les vallons sont descendus en la place que le Seigneur leur a marquée.

Ces diverses terres, suivant les divers aspects du soleil, ont leurs avantages. Dans ces profondes vallées, on voit croître l'herbe fraîche pour nourrir les troupeaux: auprès d'elles s'ouvrent de vastes campagnes, revêtues de riches moissons. Ici des coteaux s'élèvent comme un amphithéâtre, et sont couronnés de vignobles et d'arbres fruitiers ; là de hautes montagnes vont porter leur front glacé jusque dans les nues, et les torrents qui en tombent sont les sources des rivières. Les rochers, qui montrent leur cime escarpée, soutiennent la terre des montagnes, comme les os du corps humain en soutiennent les chairs : cette variété fait le charme des paysages, en même temps elle satisfait aux divers besoins des peuples. Il n'y a point de terroir si ingrat qui n'ait quelque propriété.

DE L'EAU.

Regardons maintenant ce qu'on appelle l'eau : c'est un corps liquide, clair et transparent. D'un côté, il coule, il échappe, il s'enfuit ; de l'autre, il prend toutes les formes des corps qui l'environnent, n'en ayant aucune par lui-même. Si l'eau était un peu plus raréfiée, elle deviendrait une espèce d'air ; toute la face de la terre serait sèche et stérile ; il n'y aurait que des animaux volatiles ; nulle espèce d'animaux ne pourrait nager, nul poisson ne pourrait vivre ; il n'y aurait aucun commerce par la navigation. Quelle main industrieuse a su épaissir l'eau en subtilisant l'air, et distinguer si bien ces deux espèces de corps fluides ? Si l'eau était un peu plus raréfiée, elle ne pourrait plus soutenir ces prodigieux édifices flottants qu'on nomme vaisseaux ; les corps les moins pesants s'enfonceraient d'abord dans l'eau. Qui a pris soin de choisir une si juste configuration de parties et un degré si précis de mouvement, pour rendre l'eau si fluide, si insinuante, si propre à échapper, si incapable de toute consistance, et néanmoins si forte pour porter, et si impétueuse pour entraîner les plus pesantes masses ?

Elle est docile : l'homme la mène comme un cavalier mène son cheval, sur la pointe des rênes ; il la distribue comme il lui plaît ; il l'élève sur les montagnes escarpées, et se sert de son poids pour lui faire faire des chutes qui la font remonter autant qu'elle est descendue. Mais l'homme, qui mène les eaux avec tant d'empire, est à son tour mené par elles. L'eau est une des plus grandes forces mouvantes que l'homme sache employer pour suppléer à ce qui lui manque, dans les arts les plus nécessaires, par la petitesse et par la faiblesse de son corps. Mais ces eaux qui, nonobstant leur fluidité, sont des masses si pesantes, ne laissent pas de s'élever au-dessus de nos têtes, et d'y demeurer longtemps suspendues.

Voyez-vous ces nuages qui volent comme sur les ailes des vents? s'ils tombaient tout-à-coup par de grosses colonnes d'eau rapides comme des torrents, ils submergeraient et détruiraient tout dans l'endroit de leur chute, et le reste des terres demeurerait aride. Quelle main les tient dans ces réservoirs suspendus, et ne leur permet de tomber que goutte à goutte, comme si on les distillait par un arrosoir? D'où vient qu'en certains pays chauds, où il ne pleut presque jamais, les rosées de la nuit sont si abondantes qu'elles suppléent au défaut de la pluie; et qu'en d'autres pays, tels que les bords du Nil ou du Gange, l'inondation régulière des fleuves, en certaines saisons, pourvoit à point nommé aux besoins des peuples pour arroser les terres? Peut-on imaginer des mesures mieux prises pour rendre les pays fertiles?

Ainsi l'eau désaltère non-seulement les hommes, mais encore les campagnes arides; et celui qui nous a donné ce corps fluide l'a distribué avec soin sur la terre, comme les canaux d'un jardin; les eaux tombent des hautes montagnes où leurs réservoirs sont placés; elles s'assemblent en gros ruisseaux dans les vallées: les rivières serpentent dans les vastes campagnes pour les mieux arroser; elles vont enfin se précipiter dans la mer, pour en faire le centre du commerce de toutes les nations.

Cet Océan, qui semble mis au milieu des terres pour en faire une éternelle séparation, est au contraire le rendez-vous de tous les peuples, qui ne pourraient aller par terre d'un bout du monde à l'autre qu'avec des fatigues, des longueurs et des dangers incroyables; c'est par ce chemin sans traces, au travers des abîmes, que l'ancien monde donne la main au nouveau, et que le nouveau prête à l'ancien tant de commodités et de richesses. Les eaux, distribuées avec tant d'art, font une circulation dans la terre comme le sang circule dans le corps humain.

Mais, outre cette circulation perpétuelle de l'eau, il y a encore le flux et le reflux de la mer. Ne cherchons point les causes de cet effet si mystérieux. Ce qui est certain c'est que la mer vous porte et vous reporte précisément aux mêmes lieux à certaines heures. Qui est-ce qui la fait se retirer, et puis revenir sur ses pas avec tant de régularité? Un peu plus, un peu moins de mouvement dans cette masse fluide déconcerterait toute la nature; un peu plus de mouvement dans les eaux qui remontent inonderait des royaumes entiers. Qui est-ce qui a su prendre des mesures si justes dans des corps immenses? Qui est-ce qui a su éviter le trop et le trop peu? Quel doigt a marqué à la mer la borne immobile qu'elle doit respecter dans la suite de tous les siècles, en lui disant : « Là vous viendrez briser l'orgueil de vos vagues? »

Mais ces eaux si coulantes deviennent tout-à-coup, pendant l'hiver, dures comme des rochers; les sommets des hautes montagnes ont même en tout temps des glaces et des neiges qui sont la source des rivières, et qui, abreuvant les pâturages, les rendent plus fertiles. Ici les eaux sont douces, pour désaltérer l'homme; là elles ont un sel qui assaisonne et rend incorruptibles nos aliments. Enfin, si je lève la tête j'aperçois, dans les nues qui volent au-dessus de nous, des espèces de mers suspendues, pour tempérer l'air, pour arrêter les rayons enflammés du soleil, et pour arroser la terre quand elle est trop sèche. Quelle main a pu suspendre sur nos têtes ces grands réservoirs d'eau? Quelle main prend soin de ne les laisser jamais tomber que par des pluies modérées?

DE L'AIR.

Après avoir considéré les eaux, appliquons-nous à examiner d'autres masses encore plus étendues. Voyez-vous ce qu'on nomme l'air? C'est un corps si pur, si subtil et si transparent, que les rayons des astres, situés dans une distance presque infinie de nous, le percent tout entier, sans peine et en un seul instant, pour venir éclairer nos yeux.

Un peu moins de subtilité dans ce corps fluide nous aurait dérobé le jour, ou ne nous aurait laissé tout au plus qu'une lumière sombre et confuse, comme quand l'air est plein de brouillards épais. Nous vivons plongés dans des abîmes d'air, comme les poissons dans des abîmes d'eau. De même que l'eau, si elle se subtilisait, deviendrait une espèce d'air qui ferait mourir les poissons, l'air, de son côté, nous ôterait la respiration s'il devenait plus épais et plus humide : alors nous nous noierions dans les flots de cet air épaissi, comme un animal terrestre se noie dans la mer.

Qui est-ce qui a purifié avec tant de justesse cet air que nous respirons? S'il était plus épais, il nous suffoquerait; comme, s'il était plus subtil, il n'aurait pas cette douceur qui fait une nourriture continuelle du dedans de l'homme : nous éprouverions partout ce qu'on éprouve sur le sommet des montagnes les plus hautes, où la subtilité de l'air ne fournit rien d'assez humide et d'assez nourrissant pour les poumons. Mais quelle puissance invisible excite et apaise si soudainement les tempêtes de ce grand corps fluide? celles de la mer n'en sont que les suites. De quel trésor sont tirés les vents qui purifient l'air, qui attiédissent les saisons brûlantes, qui tempèrent la rigueur des hivers, et qui changent en un instant la face du ciel? Sur les ailes de ces vents volent les nuées, d'un bout de l'horizon à l'autre. On sait que certains vents règnent en certaines mers, dans des saisons précises; ils durent un temps réglé, et il leur en succède d'autres, comme tout exprès, pour rendre les navigations commodes et régulières. Pourvu que les hommes soient patients et aussi ponctuels que les vents, ils feront sans peine les plus longues navigations.

DU FEU.

Voyez-vous ce feu qui paraît allumé dans les astres, et qui répand partout sa lumière? Voyez-vous cette flamme que certaines montagnes vomissent, et que la terre nourrit de soufre dans ses entrailles? Ce même feu demeure paisiblement caché dans les veines des cailloux, et il y attend à éclater jusqu'à ce que le choc d'un autre corps l'excite, pour

ébranler les villes et les montagnes. L'homme a su l'allu-
mer et l'attacher à tous ses usages pour plier les plus durs
métaux et pour nourrir avec du bois, jusque dans les climats les plus glacés, une flamme qui lui tienne lieu de soleil quand le soleil s'éloigne de lui. Cette flamme se glisse
subtilement dans toutes les semences ; elle est comme l'âme
de tout ce qui vit; elle consume tout ce qui est impur, et
renouvelle ce qu'elle a purifié. Le feu prête sa force aux
hommes trop faibles, il enlève tout-à-coup les édifices et les
rochers. Mais veut-on le borner à un usage plus modéré, il
réchauffe l'homme, il cuit les aliments. Les anciens, admi-
rant le feu, ont cru que c'était un trésor céleste que
l'homme avait dérobé aux dieux.

Fénelon.

LETTRES.

Madame de Sévigné à sa Fille.

Voici un terrible jour, ma chère enfant! je vous avoue
que je n'en puis plus. Je vous ai quittée dans un état qui
augmente ma douleur. Je songe à tous les pas que vous
faites, et à tous ceux que je fais; et combien il s'en faut
qu'en marchant toujours de cette sorte nous puissions jamais nous rencontrer! Mon cœur est en repos quand il est
auprès de vous : c'est son état naturel, et le seul qui peut
lui plaire.

Ce qui s'est passé ce matin me donne une douleur sensible et me fait un déchirement dont votre philosophie sait
les raisons. J'ai le cœur et l'imagination tout remplis de
vous, je n'y puis penser sans pleurer, et j'y pense toujours,
de sorte que l'état où je suis n'est pas une chose soutenable
: comme il est extrême, j'espère qu'il ne durera pas dans
cette violence. Je vous cherche toujours, et je trouve que

tout me manque parce que vous me manquez. Mes yeux, qui vous ont tant rencontrée depuis quatorze mois, ne vous trouvent plus. Le temps agréable qui est passé rend celui-ci douloureux jusqu'à ce que je sois un peu accoutumée; mais ce ne sera jamais pour ne pas souhaiter ardemment de vous revoir et de vous embrasser.

Je ne dois pas espérer mieux de l'avenir que du passé; je sais ce que votre absence m'a fait souffrir, je serai encore plus à plaindre parce que je me suis fait imprudemment une habitude nécessaire de vous voir. Il me semble que je ne vous ai pas assez embrassée en partant. Qu'avais-je à ménager? je ne vous ai point assez dit combien je suis contente de votre tendresse: je ne vous ai point assez recommandée à **M.** de Grignan, je ne l'ai point assez remercié de toutes ses politesses et de toute l'amitié qu'il a pour moi: j'en attendrai les effets sur tous les chapitres.

Je suis déjà dévorée de curiosité; je n'espère de consolation que de vos lettres, qui me feront encore bien soupirer. En un mot, ma fille, je ne vis que pour vous. Dieu me fasse la grâce de l'aimer quelque jour comme je vous aime. Jamais un départ n'a été si triste que le nôtre; nous ne disions pas un mot. Adieu, ma chère enfant; plaignez-moi de vous avoir quittée. Hélas! nous voilà dans les lettres.

Le général Bonaparte

A LA FEMME DE L'AMIRAL BRUEYS.

Au Caire, le 2 fructidor an vi (19 août 1798).

Votre mari a été tué d'un coup de canon en combattant à son bord; il est mort sans souffrir, et de la mort la plus douce, la plus enviée des braves.

Je sens vivement votre douleur. Le moment qui nous sépare de l'objet que nous aimons est terrible: il nous isole de la terre, il fait éprouver au corps les convulsions de l'agonie; les facultés de l'âme sont anéanties, elle ne conserve de relation avec l'univers qu'au travers d'un cauchemar qui altère tout; les hommes paraissent plus froids, plus égoïstes qu'ils ne le sont réellement : on sent dans cette situation que si rien ne nous obligeait à la vie il vaudrait beaucoup mieux mourir; mais lorsque, après cette première pensée, on presse ses enfants sur son cœur, des larmes, des sentiments tendres raniment la nature, et l'on vit pour ses enfants. Oui, madame, voyez-les dès ce premier moment, qu'ils ouvrent votre cœur à la mélancolie; vous pleurerez avec eux, vous élèverez leur enfance, cultiverez leur jeunesse; vous leur parlerez de leur père, de votre douleur, de la perte qu'eux et la république ont faite. Après avoir rattaché votre âme au monde pour l'amour filial et l'amour maternel, appréciez pour quelque chose l'amitié et le vif intérêt que je prendrai toujours à la femme de mon ami. Persuadez-vous qu'il est des hommes, en petit nombre, qui méritent d'être l'espoir de la douleur, parce qu'ils sentent avec chaleur les peines de l'âme.

MORCEAUX ORATOIRES.

Démosthène et Cicéron.

Ne compter pour rien les travaux de l'enfance, et commencer les sérieuses, les véritables études dans le temps où nous les finissons; regarder la jeunesse, non comme un âge destiné par la nature au plaisir et au relâchement, mais comme un temps que la vertu consacre au travail et à l'application; négliger le soin de ses biens, de sa fortune, de sa santé même, et faire de tout ce que les hommes chérissent le plus un digne sacrifice à l'amour de la science et à l'ardeur de s'instruire; devenir invisible pour un temps; se réduire soi-même dans une captivité volontaire, et s'ensevelir tout vivant dans une profonde retraite pour y préparer de loin des armes toujours victorieuses : voilà ce qu'ont fait les Démosthène et les Cicéron. Ne soyons plus surpris de ce qu'ils ont été, mais cessons en même temps d'être surpris de ce que nous faisons pour arriver à la même gloire à laquelle ils sont parvenus.

D'AGUESSEAU. *Décadence du barreau.*

Un Vieillard de Syracuse

AU PEUPLE ASSEMBLÉ POUR DÉLIBÉRER SUR LE SORT DES PRISONNIERS ATHÉNIENS.

Vous voyez un père infortuné qui a senti plus qu'aucun autre Syracusain les funestes effets de cette guerre qui lui a ravi deux fils, la consolation et l'espoir de sa vieillesse. Je ne puis pas, à la vérité, ne point admirer leur courage et leur bonheur d'avoir sacrifié au salut de la république une vie que la loi commune de la nature leur aurait tôt ou tard enlevée; mais je ne puis aussi ne pas sentir la plaie cruelle que leur mort a faite à mon cœur, et ne point haïr et détester les Athéniens, auteurs de cette malheureuse guerre, comme les homicides et les meurtriers de mes enfants!

Cependant, je ne puis le dissimuler, je suis moins sensible à ma douleur qu'à l'honneur de ma patrie; et je la vois prête à se déshonorer pour toujours par le cruel avis qu'on vous propose. Les Athéniens, il est vrai, méritent toutes sortes de mauvais traitements et de supplices pour l'injuste guerre qu'ils nous ont déclarée; mais les dieux, justes vengeurs du crime, ne les ont-ils pas assez punis et ne nous ont-ils pas assez vengés? Quand leurs chefs ont déposé leurs armes et se sont rendus à nous, n'était-ce pas dans l'espérance de conserver leur vie! Et pouvons-nous la leur ôter sans encourir le juste reproche d'avoir violé le droit des gens et d'avoir déshonoré notre victoire par une barbare cruauté? Quoi! vous souffrirez que votre gloire soit ainsi flétrie dans tout l'univers, et qu'on dise qu'un peuple qui le premier a dans sa ville érigé un temple à la *Miséricorde* n'en a point trouvé dans la vôtre! Sont-ce donc les victoires et les triomphes seuls qui rendent une ville à ja-

mais illustre? Non, non, c'est la clémence pour des ennemis vaincus, c'est la modération dans la plus grande prospérité, c'est enfin la crainte d'irriter les dieux par un orgueil fier et insolent. Vous n'avez point sans doute oublié
que ce même Nicias sur le sort duquel vous allez prononcer est celui qui plaida votre cause dans l'assemblée des
Athéniens, et qui employa tout son crédit et toute son éloquence pour les détourner de vous faire la guerre : une sentence de mort prononcée contre ce digne chef est-elle donc
une juste récompense du zèle qu'il a témoigné pour vos intérêts? Pour moi, la mort me sera moins triste que la vue
d'une telle injustice commise par ma patrie et par mes concitoyens.

ROLLIN. Histoire ancienne.

Henri IV

A L'ASSEMBLÉE DES NOTABLES.

Si je faisais gloire de passer pour excellent orateur, j'aurais apporté ici plus de belles paroles que de bonne volonté ;
mais mon ambition tend à quelque chose de plus haut que
de bien parler : j'aspire au glorieux titre de libérateur et de
restaurateur de la France. Déjà, par la faveur du ciel, par
les conseils de mes fidèles serviteurs et par l'épée de ma
brave et généreuse noblesse (de laquelle je ne distingue
point mes princes, la qualité de gentilhomme étant le plus
beau titre que nous possédions), je l'ai tirée de la servitude
et de la ruine. Je désire maintenant la remettre en sa première force et en son ancienne splendeur. Participez, mes
sujets, à cette seconde gloire, comme vous avez participé
à la première. Je ne vous ai point ici appelés, comme faisaient mes prédécesseurs, pour vous obliger d'approuver
aveuglément mes volontés ; je vous ai fait assembler pour
recevoir vos conseils, pour les croire, pour les suivre, en
un mot pour me mettre en tutelle entre vos mains : c'est
une envie qui ne prend guère aux rois, aux barbes grises
et aux victorieux comme moi ; mais l'amour que je porte à

mes sujets et l'extrême désir que j'ai de conserver mon État me font trouver tout facile et tout honorable.

Petit nombre des Élus.

Je m'arrête à vous, mes frères, qui êtes ici assemblés. Je ne parle plus du reste des hommes, je vous regarde comme si vous étiez seuls sur la terre, et voici la pensée qui m'occupe et m'épouvante. Je suppose donc que c'est ici votre dernière heure et la fin de l'univers, que les cieux vont s'ouvrir sur vos têtes, que Jésus-Christ va paraître dans sa gloire au milieu de ce temple, et que vous n'y êtes assemblés que pour l'entendre, comme des criminels tremblants à qui l'on va prononcer une sentence de grâce ou un arrêt de mort éternelle : car, vous avez beau vous flatter, vous mourrez tels que vous êtes aujourd'hui. Tous ces désirs de changements qui vous amusent vous amuseront jusqu'au lit de la mort : c'est l'expérience de tous les siècles. Tout ce que vous trouverez alors en vous de nouveau sera peut-être un compte un peu plus grand que celui que vous auriez aujourd'hui à rendre ; et sur ce que vous seriez, si l'on venait vous juger en ce moment, vous pouvez presque décider ce qui vous arrivera au sortir de la vie.

Or, je vous demande, et je vous le demande frappé de terreur, ne séparant pas en ce point mon sort du vôtre et me mettant dans la même disposition où je souhaite que vous entriez ; je vous demande donc : Si Jésus-Christ paraissait dans ce temple, au milieu de cette assemblée la plus auguste de l'univers, pour vous juger, pour faire le terrible discernement des boucs et des brebis, croyez-vous que le plus grand nombre de tout ce que nous sommes ici fût placé à la droite ? croyez-vous du moins que les choses fussent égales ? croyez-vous qu'il s'y trouvât seulement dix justes, que le Seigneur ne put trouver autrefois en cinq villes tout entières ? Je vous le demande ; vous l'ignorez, et je l'ignore moi-même : vous seul, ô mon Dieu, connaissez ceux qui vous appartiennent. Mais si nous ne connaissons pas ceux qui lui appartiennent, nous connaissens du moins que les pécheurs ne lui appartiennent pas. Or, qui sont les fidèles ici assemblés? Les titres et les dignités ne doivent compter pour rien : vous en serez dépouillés devant Jésus-Christ. Qui sont-ils? beaucoup de pécheurs qui ne veulent pas se convertir; encore plus qui le voudraient, mais qui diffèrent leur conversion ; plusieurs autres qui ne se convertissent jamais que pour retomber; enfin un grand nombre qui croient n'avoir pas besoin de conversion : voilà le parti des réprouvés. Retranchez ces quatre sortes de pécheurs de cette assemblée sainte, car ils en seront retranchés au grand jour : paraissez maintenant, justes, où êtes-vous ! Restes d'Israël, passez à la droite; froment de Jésus-Christ, démêlez-vous de cette paille destinée au feu. O Dieu! où sont vos élus, et que reste-t-il pour votre partage?

Massillon.

DIALOGUE.

Héraclite et Démocrite.

DÉMOCRITE.

Je ne saurais m'accommoder d'une philosophie triste.

HÉRACLITE.

Ni moi, d'une gaie. Quand on est sage, on ne voit rien dans le monde qui ne paraisse de travers, qui ne déplaise.

DÉMOCRITE.

Vous prenez les choses d'un trop grand sérieux, cela vous fera mal.

HÉRACLITE.

Vous les prenez avec trop d'enjouement; votre air moqueur est plutôt celui d'un satyre que d'un philosophe.

4

N'êtes-vous point touché de voir le genre humain si aveuglé, si corrompu, si égaré?

DÉMOCRITE.

Je suis bien plus touché de le voir si impertinent et si ridicule.

HÉRACLITE.

Mais enfin ce genre humain, dont vous riez, c'est le monde entier avec qui vous vivez; c'est la société de vos amis, c'est votre famille, c'est vous-même.

DÉMOCRITE.

Je ne me soucie guère de tous les fous que je vois, et je me crois sage en me moquant d'eux.

HÉRACLITE.

S'ils sont fous, vous n'êtes guère sage ni bon de ne les pas plaindre et d'insulter à leur folie. D'ailleurs, qui vous répond que vous ne soyez pas aussi extravagant qu'eux?

DÉMOCRITE.

Je ne puis l'être, pensant en toutes choses le contraire de ce qu'ils pensent.

HÉRACLITE.

Il y a des folies de diverses espèces. Peut-être qu'à force de contredire les folies des autres, vous vous jetez dans une extrémité contraire qui n'est pas moins folie.

DÉMOCRITE.

Croyez-en ce qu'il vous plaira et pleurez encore sur moi si vous avez des larmes de reste : pour moi, je suis content de rire des fous. Tous les hommes ne le sont-ils pas? Répondez.

HÉRACLITE.

Hélas! ils ne le sont que trop; c'est ce qui m'afflige: nous convenons, vous et moi, en ce point, que les hommes ne suivent point la raison. Mais moi qui ne veux pas faire comme eux, je veux suivre la raison qui m'oblige de les aimer; et cette amitié me remplit de compassion pour leurs égarements. Ai-je tort d'avoir pitié de mes semblables, de mes frères, de ce qui est pour ainsi dire une partie de moi-même? Si vous entriez dans un hôpital de blessés, ririez-vous de voir leurs blessures? Les plaies du corps ne sont rien en comparaison de celles de l'âme : vous auriez honte de votre cruauté si vous aviez ri du malheureux qui a la jambe coupée, et vous avez l'inhumanité de vous divertir du monde entier qui a perdu la raison !

DÉMOCRITE.

Celui qui a perdu une jambe est à plaindre, en ce qu'il ne s'est point ôté lui-même ce membre ; mais celui qui perd la raison la perd par sa faute.

HÉRACLITE.

Eh ! c'est en quoi il est plus à plaindre. Un insensé furieux qui s'arracherait lui-même les yeux serait encore plus digne de compassion qu'un autre aveugle.

DÉMOCRITE.

Accommodons-nous. Il y a de quoi nous justifier tous deux, il y a partout de quoi rire et de quoi pleurer. Le monde est ridicule, et j'en ris ; il est déplorable, et vous en pleurez : chacun le regarde à sa mode et suivant son tempérament. Ce qui est certain c'est que le monde est de travers. Pour bien faire, pour bien penser, il faut faire, il faut penser autrement que le grand nombre : se régler par l'autorité et par l'exemple du commun des hommes, c'est le partage des insensés.

HÉRACLITE.

Tout cela est vrai ; mais vous n'aimez rien, et le mal d'autrui vous réjouit : c'est n'aimer ni les hommes ni la vertu qu'ils abandonnent.

FÉNELON.

CARACTÈRES, PORTRAITS, PARALLÈLES.

Pompée.

Pompée attirait sur lui pour ainsi dire les yeux de toute la terre. Il avait été général avant que d'être soldat, et sa vie n'avait été qu'une suite continuelle de victoires; il avait fait la guerre dans les trois parties du monde, et il en était toujours revenu victorieux. Il vainquit dans l'Italie Carinas et Carbon, du parti de Marius; Domitius dans l'Afrique; Sertorius, ou, pour mieux dire, Perpenna dans l'Espagne; les pirates de Cilicie sur la Méditerranée, et depuis la défaite de Catilina il était revenu à Rome vainqueur de Mithridate et de Tigrane.

Par tant de victoires et de conquêtes il était devenu plus grand que les Romains ne le souhaitaient et qu'il n'avait osé lui-même l'espérer. Dans ce haut degré de gloire où la fortune l'avait conduit comme par la main, il crut qu'il était de sa dignité de se familiariser moins avec ses concitoyens. Il paraissait rarement en public, et s'il sortait de sa maison on le voyait toujours accompagné d'une foule de ses créatures, dont le cortége nombreux représentait mieux la cour d'un grand prince que la suite d'un citoyen de la république. Ce n'est pas qu'il abusât de son pouvoir, mais dans une ville libre on ne pouvait souffrir qu'il affectât des manières de souverain. Accoutumé dès sa jeunesse au commandement des armées, il ne pouvait se réduire à la simplicité d'une vie privée. Ses mœurs, à la vérité, étaient pures et sans tache, on le louait même avec justice de sa tempérance, personne ne le soupçonna jamais d'avarice, et il recherchait moins, dans les dignités qu'il briguait, la puissance qui en est inséparable que les honneurs et l'éclat dont elles étaient environnées; mais, plus sensible à la vanité qu'à l'ambition, il aspirait à des honneurs qui le distinguaient de tous les capitaines de son temps. Modéré en tout le reste, il ne pouvait souffrir sur la gloire aucune comparaison; toute égalité le blessait, et il eût voulu, ce semble, être le seul général de la république, quand il devait se contenter d'être le premier. Cette jalousie du commandement lui attira un grand nombre d'ennemis, dont César dans la suite fut le plus dangereux et le plus redoutable. L'un ne voulait plus d'égal, et l'autre ne pouvait souffrir de supérieur.

VERTOT. Révolutions romaines.

César.

Caïus Julius César était né de l'illustre famille des Jules, qui, comme toutes les grandes maisons, avait sa chimère, en se vantant de tirer son origine d'Anchise et de Vénus. C'était l'homme de son temps le mieux fait, adroit à toutes sortes d'exercices, infatigable au travail, plein de valeur, d'un courage élevé, vaste dans ses desseins, magnifique dans sa dépense, et libéral jusqu'à la profusion. La nature, qui semblait l'avoir fait naître pour commander au reste des hommes, lui avait donné un air d'empire et de dignité dans les manières; mais cet air de grandeur était tempéré par la douceur et la facilité de ses mœurs. Son éloquence insinuante et invincible était encore plus attachée aux charmes de sa personne qu'à la force de ses raisons. Ceux qui étaient assez durs pour résister à l'impression que faisaient tant d'aimables qualités n'échappaient point à ses bienfaits, et il commença par assujettir les cœurs, comme le fondement le plus solide de la domination à laquelle il aspirait.

Né simple citoyen d'une république, il forma, dans une condition privée, le projet d'assujettir sa patrie. La grandeur et les périls d'une pareille entreprise ne l'épouvantèrent point. Il ne trouva rien au-dessus de son ambition, que l'étendue immense de ses vues. Les exemples récents de Marius et de Sylla lui firent comprendre qu'il n'était pas impossible de s'élever à la souveraine puissance; mais, sage jusque dans ses désirs immodérés, il distribua en différents temps l'exécution de ses desseins. Son esprit, toujours juste malgré son étendue, n'alla que par degrés au projet de la domination, et quelque éclatantes qu'aient été depuis ses victoires, elles ne doivent passer pour de grandes actions que parce qu'elles furent toujours la suite et l'effet de grands desseins.

Le même.

Charlemagne.

Charlemagne mit un tel tempérament dans les ordres de l'État, qu'ils furent contre-balancés et qu'il resta le maître. Tout fut uni par la force de son génie. L'empire se maintint par la grandeur du chef; le prince était grand, l'homme l'était davantage. Il fit d'admirables règlements; il fit plus, il les fit exécuter. On voit dans les lois de ce prince un esprit de prévoyance qui comprend tout, et une certaine force qui entraîne tout : les prétextes pour éluder les devoirs sont ôtés, les négligences corrigées, les abus réformés ou prévenus; il savait punir, il savait encore mieux pardonner. Vaste dans ses desseins, simple dans l'exécution, personne n'eut à un plus haut degré l'art de faire les plus grandes choses avec facilité et les choses difficiles avec promptitude.

Il parcourait sans cesse son vaste empire, portant la main partout où il allait tomber. Les affaires renaissaient de toutes parts, il les finissait de toutes parts. Il se joua de tous les périls, et particulièrement de ceux qu'éprouvent presque toujours les grands conquérants, c'est-à-dire des conspirations.

Ce prince prodigieux était extrêmement modéré; son caractère était doux, ses manières simples : il aimait à vivre avec les gens de sa cour. Il fut peut-être trop sensible au plaisir de la galanterie; mais un prince qui gouverna toujours par lui-même et qui passa sa vie dans les travaux peut mériter plus d'excuses.

On ne dira plus qu'un mot : il ordonnait qu'on vendît les

œufs des basses-cours de ses domaines et les herbes in-
utiles de ses jardins; et il avait distribué à ses peuples toutes
les richesses des Lombards et les immenses trésors de ces
Huns qui avaient dépouillé l'univers.

Montesquieu.

Saint Bernard.

Alors vivait dans un cloître un homme dont les déposi-
taires du pouvoir suprême devaient ambitionner les suffra-
ges autant que ceux d'un sénat ou d'un peuple législateur.
À ce trait seul on doit reconnaître cet abbé de Clairvaux
devenu si célèbre sous le nom de saint Bernard.

Nul homme n'a exercé sur son siècle un empire aussi
extraordinaire; entraîné vers la vie solitaire et religieuse
par un de ces sentiments impérieux qui n'en laissent pas
d'autre dans l'âme, il alla prendre sur l'autel toute la puissance de la religion. Lorsque, sortant de son désert, il paraissait au milieu des peuples et des cours, les austérités
de sa vie, empreintes sur des traits où la nature avait ré-
pandu la grâce et la beauté, remplissaient toutes les âmes
d'amour et de respect. Éloquent dans un siècle où le pouvoir et le charme de la parole étaient absolument inconnus, il triomphait de toutes les hérésies dans les conciles;
il faisait fondre en larmes les peuples au milieu des campagnes et des places publiques; son éloquence paraissait
un des miracles de la religion qu'il prêchait. Enfin l'Église,
dont il était la lumière, semblait recevoir les volontés divines par son entremise. Les rois et leurs ministres, à qui
il ne pardonnait jamais ni un vice ni un malheur public,
s'humiliaient sous ses réprimandes comme sous la main de
Dieu même; et les peuples, dans leurs calamités, allaient
se ranger autour de lui comme ils vont se jeter au pied des
autels.

Garat. Éloge de Suger.

Saint Vincent de Paule.

À la tête de ces protecteurs de l'humanité souffrante, je

vois un homme qui a reçu du ciel le don de l'élocution et la sensibilité la plus profonde, éloquent à force d'âme et de vertu, fécond en pensées du cœur, et par là même également sublime et populaire dans ses discours, doué du plus rare courage d'esprit, de la conception des grandes entreprises et de la patience des plus petits détails, d'une imagination hardie et d'un jugement sage, d'une prudence consommée pour discerner l'à-propos des moments opportuns, saisir le point de maturité des projets utiles et s'attacher aux établissements durables, enfin d'un zèle ardent et inébranlable, d'un attrait de persuasion qui rallie toutes les opinions à ses sentiments, et du talent, plus heureux encore et plus rare, d'embraser les cœurs du feu divin dont il est consumé lui-même. Cet homme anime tout, propose les bonnes œuvres, discute les moyens, indique les ressources, écarte les obstacles; correspond à la fois avec le gouvernement, avec les riches, avec les malheureux. Son regard embrasse toutes les provinces, il veille sans cesse pour la patrie, il est présent à toutes les calamités, il atteint tous les malheurs par sa bienfaisance; il transporte tous les auditeurs au milieu des désastres publics, il les entraîne dans ce tourbillon de charité qui l'environne, les pénètre de terreur, les fait fondre en larmes, les oppresse de sanglots, leur ôte leur âme pour leur donner la sienne, et cet homme de la Providence est Vincent de Paule, qui du milieu de son assemblée de charité semble dire, comme le fils de Dieu, d'une voix qui est entendue jusqu'aux extrémités du royaume : *Venez à moi, ô vous qui souffrez, et je vous soulagerai.*

Le cardinal MAURY.

Bossuet et Corneille.

L'élévation est sans doute le caractère de l'un et de l'autre; mais l'élévation de Corneille tient à la fierté républicaine, celle de Bossuet à l'enthousiasme religieux. Corneille brave la grandeur et la puissance; Bossuet la foule aux pieds, pour s'élancer jusqu'à la Divinité même. Le premier, en nous montrant l'homme dans toute sa dignité, nous agrandit à nos propres yeux; le second, en nous le faisant voir dans tout son néant, semble planer au-dessus de l'espèce humaine. Le sublime du poëte a plus de profondeur, plus de traits et de pensées; celui de l'orateur plus de majesté, plus de véhémence et plus d'images. Les négligences de Corneille viennent de lassitude et d'épuisement; celles de Bossuet, d'un excès de chaleur et d'abondance. Dans Corneille, enfin, quand l'expression est familière, elle est presque toujours sans noblesse; dans Bossuet, quand l'idée est grande, la familiarité même de l'expression semble l'agrandir encore.

D'ALEMBERT: Éloge de Fléchier.

Corneille et Racine.

Corneille ne peut être égalé dans les endroits où il excelle : il a pour lors un caractère original et inimitable; mais il est inégal. Ses premières œuvres sont sèches, languissantes, et ne laissaient pas espérer qu'il dût ensuite aller si loin, comme ses dernières font qu'on s'étonne qu'il ait pu tomber de si haut. Dans quelques-unes de ses meilleures pièces il y a des fautes inexcusables contre les mœurs, un style de déclamateur qui arrête l'action et la fait languir, des négligences dans les vers et dans l'expression, qu'on ne peut comprendre dans un si grand homme. Ce qu'il y a eu en lui de plus éminent c'est l'esprit, qu'il avait sublime, auquel il a été redevable de certains vers les plus heureux qu'on ait jamais lus ailleurs, de la conduite de son théâtre, qu'il a quelquefois hasardée contre les règles des anciens, et enfin de ses dénoûments : car il ne s'est pas toujours assujetti au goût des Grecs et à leur grande simplicité; il a aimé, au contraire, à charger la scène d'événements dont il est presque toujours sorti avec succès; admirable surtout par l'extrême varieté et le peu de rapport qui se trouve, pour le dessin, entre un si grand nombre de poëmes qu'il a composés.

Il semble qu'il y ait plus de ressemblance dans ceux de Racine, et qu'ils tendent un peu plus à une même chose; mais il est égal, soutenu, toujours le même partout, soit pour le dessin et la conduite de ses pièces, qui sont justes, régulières, prises dans le bon sens et la nature, soit pour la versification, qui est correcte, riche dans les rimes, élégante, nombreuse, harmonieuse; exact imitateur des anciens, dont il a suivi scrupuleusement la netteté et la simplicité de l'action, à qui le grand et le merveilleux n'ont pas même manqué, ainsi qu'à Corneille, ni le touchant, ni le pathétique. Quelle plus grande tendresse que celle qui est répandue dans tout *le Cid*, dans *Polyeucte* et *les Horaces!* Quelle grandeur ne se remarque point en *Mithridate*, en *Porus* et en *Burrhus!* Ces passions encore favorites des anciens, que les tragiques aimaient à exciter sur les théâtres et qu'on nomme la *terreur* et la *pitié*, ont été connues de ces deux poëtes : *Oreste*, dans l'*Andromaque* de Racine, et *Phèdre*, du même auteur, comme l'*Œdipe* et *les Horaces* de Corneille, en sont la preuve.

Si cependant il est permis de faire entre eux quelque comparaison et de les marquer l'un et l'autre par ce qu'ils ont de plus propre et par ce qui éclate le plus ordinairement dans leurs ouvrages, peut-être que l'on pourrait parler ainsi : Corneille nous assujettit à ses caractères et à ses idées, Racine se conforme aux nôtres; celui-là peint les hommes tels qu'ils devraient être, celui-ci les peint tels qu'ils sont. Il y a plus dans le premier de ce que l'on admire et de ce que l'on doit même imiter, il y a plus dans le second de ce que l'on reconnaît dans les autres ou de ce que l'on éprouve dans soi-même. L'un élève, étonne, maîtrise, instruit; l'autre plaît, remue, touche, pénètre : ce qu'il y a de plus beau, de plus noble et de plus impérieux dans la raison est manié dans le premier; et par l'autre, ce qu'il y a de plus flatteur et de plus délicat dans la passion. Ce sont, dans celui-là, des maximes, des règles et des prétextes; et dans celui-ci, du goût et des sentiments. L'on est plus occupé aux pièces de Corneille, l'on est plus ébranlé et plus attendri à celles de Racine. Corneille est plus moral, Racine plus naturel.

Il semble que l'un imite Sophocle, et que l'autre doit plus à Euripide.

La Bruyère.

Molière et La Fontaine.

Molière, dans chacune de ses pièces, ramenant la peinture des mœurs à un objet philosophique, donne à la comédie la moralité de l'apologue. La Fontaine, transportant dans ses fables la peinture des mœurs, donne à l'apologue une des grandes beautés de la comédie, les caractères. Doués tous les deux au plus haut degré du génie d'observation, génie dirigé dans l'un par une raison supérieure, guidé dans l'autre par un instinct non moins précieux, ils descendent dans le plus profond de nos travers et de nos faiblesses; mais chacun, selon la double différence de son genre et de son caractère, les exprime différemment.

Le pinceau de Molière doit être plus énergique et plus ferme, celui de La Fontaine plus délicat et plus fin. L'un rend les grands traits avec une force qui le montre comme supérieur aux nuances; l'autre saisit les nuances avec une sagacité qui suppose la science des grands traits. Le poëte comique semble s'être plus attaché aux ridicules, et a peint quelquefois les formes passagères de la société. Le fabuliste semble s'adresser davantage aux vices, et a peint une nature encore plus générale. Le premier me fait plus rire de mon voisin, le second me ramène plus à moi-même. Celui-ci me venge davantage des sottises d'autrui, celui-là me fait mieux songer aux miennes. L'un semble avoir vu les ridicules comme un défaut de bienséance choquant pour la société, l'autre avoir vu les vices comme un défaut de raison fâcheux pour nous-mêmes. Après la lecture du premier, je crains l'opinion publique; après la lecture du second, je crains ma conscience.

Enfin, l'homme corrigé par Molière, cessant d'être ridicule, pourrait devenir vicieux; corrigé par La Fontaine, il ne serait plus ni vicieux ni ridicule : il serait raisonnable et bon, et nous nous trouverions vertueux comme La Fontaine était philosophe, sans s'en douter.

CHAMFORT. Éloge de La Fontaine.

L'abbé Maury.

Personne n'a poussé plus loin que lui le courage de résister à des factieux, à des bourreaux. Il traversait les groupes les plus furieux d'un pas vif et ferme, répondait à leurs menaces par des saillies d'assurance et de gaîté, et redoublait de véhémence à la tribune contre la démagogie triomphante. Une connaissance parfaite de l'histoire, une vivacité d'esprit qui lui en faisait appliquer les résultats avec d'heureux à-propos ; un style constamment soutenu, fleuri, harmonieux ; une mémoire prodigieuse qui donnait l'éclat de l'improvisation à plusieurs de ses discours écrits ; une prononciation rapide, ferme et habilement accentuée ; le don des reparties ; l'art de prolonger une ironie amère : voilà quels étaient ses avantages à la tribune ; mais il semblait plus occupé du plaisir d'humilier ses adversaires que du désir de les vaincre. Il n'avait point cet accent de persuasion intime qui, même dans les discussions sévères, remue les entrailles des auditeurs. Il brillait hors de propos, et laissait quelquefois s'énerver sa dialectique par des lieux communs élégamment traités.

LACRETELLE JEUNE.

Buffon.

L'historien de la nature est grand, fécond, varié, majestueux comme elle ; comme elle il s'élève sans effort et sans secousse ; comme elle il descend dans les petits détails, sans être moins attachant ni moins beau. Son style se plie à tous les objets et en prend la couleur ; sublime quand il déploie à nos regards l'immensité des êtres et les richesses de la création, quand il peint les révolutions du globe, les bienfaits ou les rigueurs de la nature ; orné quand il décrit, profond quand il analyse, intéressant lorsqu'il nous raconte l'histoire de ces animaux devenus nos amis et nos bienfaiteurs. Juste envers ceux qui l'ont précédé dans le même genre d'écrire, il loue Pline le naturaliste et Aristote, et il est plus éloquent que ces deux grands hommes. En un mot, son ouvrage est un des beaux monuments de ce siècle, élevé pour les âges suivants, et auquel l'antiquité n'a rien à opposer.

LAHARPE.

L'Impertinent.

J'entends Théodecte de l'antichambre ; il grossit sa voix à mesure qu'il s'approche. Le voilà entré : il rit, il crie, il éclate ; on bouche ses oreilles, c'est un tonnerre : il n'est pas moins redoutable par les choses qu'il dit que par le ton dont il parle ; il ne s'apaise, il ne revient de ce grand fracas que pour bredouiller des vanités et des sottises. Il a si peu d'égard au temps, aux personnes, aux bienséances, que chacun a son fait sans qu'il ait eu intention de le lui donner ; il n'est pas encore assis qu'il a à son insu désobligé toute l'assemblée. A-t-on servi, il se met le premier à table et dans la première place ; les femmes sont à sa droite et à sa gauche : il boit, il mange, il conte, il plaisante, il interrompt tout-à-la-fois ; il n'a nul discernement des personnes, ni du maître, ni des conviés ; il abuse de la folle déférence qu'on a pour lui. Est-ce lui, est-ce Euthydème qui donne le repas ? il rappelle à lui toute l'autorité de la table : et il y a un moindre inconvénient à la lui laisser entière qu'à la lui disputer : le vin et les viandes n'ajoutent rien à son caractère ; si l'on joue, il gagne au jeu ; il veut railler celui qui perd, et il l'offense. Les rieurs sont pour lui : il n'y a sorte de fatuités qu'on ne lui passe. Je cède enfin, et je disparais, incapable de souffrir plus longtemps Théodecte et ceux qui le souffrent.

LA BRUYÈRE.

Les Nouvellistes.

Il y a une certaine nation qu'on appelle les *nouvellistes*. Leur oisiveté est toujours occupée. Ils sont très-inutiles à l'État, cependant ils se croient très-considérables parce qu'ils s'entretiennent de projets magnifiques et traitent de grands intérêts. La base de leur conversation est une curiosité frivole et ridicule. Il n'y a point de cabinets mystérieux qu'ils ne prétendent pénétrer ; ils ne sauraient consentir à ignorer quelque chose. A peine ont-ils épuisé le présent, qu'ils se précipitent dans l'avenir, et, marchant au-devant de la Providence, la préviennent sur toutes les démarches des hommes. Ils conduisent un général par la main, et après l'avoir loué de mille sottises qu'il n'a pas faites, ils lui en préparent mille autres qu'il ne fera pas. Ils font voler les armées comme des grues, et tomber les murailles comme des cartons. Ils ont des ponts sur toutes les rivières, des routes secrètes dans toutes les montagnes, des magasins immenses dans les sables brûlants : il ne leur manque que le bon sens.

Montesquieu.

Le Peuple athénien.

L'histoire nous le représente tantôt comme un vieillard qu'on peut tromper sans crainte, tantôt comme un enfant qu'il faut amuser sans cesse, quelquefois déployant les lumières et les sentiments des grandes âmes ; aimant à l'excès les plaisirs et la liberté, le repos et la gloire : s'enivrant des éloges qu'il reçoit, applaudissant aux reproches qu'il mérite ; assez pénétrant pour saisir aux premiers mots les projets qu'on lui communique, trop impatient pour en écouter les détails et en prévoir les suites ; faisant trembler ses magistrats dans l'instant même qu'il pardonne à ses plus cruels ennemis ; passant avec la rapidité de l'éclair, de la fureur à la pitié, du découragement à l'insolence, de l'injustice au repentir ; mobile surtout et frivole, au point que, dans les affaires les plus graves, et quelquefois les plus désespérées, une parole dite au hasard, une saillie heureuse, le moindre objet, le moindre accident, pourvu qu'il soit inopiné, suffit pour le distraire de ses craintes, ou le détourner de son intérêt.

Voyage d'Anacharsis.

FIN.

TABLE.

LETTRES.

DISCOURS ET MORCEAUX ORATOIRES.

DIALOGUE.

CARACTÈRES, PORTRAITS, PARALLÈLES.

FIN DE LA TABLE.

Paris. — Imprimerie Bonaventure et Ducessois, 55, quai des Augustins.